afgeschreven

Het Sprintkanon

Frans van Duijn

Het Sprintkanon

Van Goor

ISBN 978 90 475 1223 3

NUR 283

© 2010 Van Goor

Uitgeverij Unieboek | Het Spectrum bv, postbus 97,
3990 DB Houten

www.van-goor.nl
www.unieboekspectrum.nl

tekst Frans van Duijn
omslagontwerp Marieke Oele
zetwerk binnenwerk Mat-Zet bv, Soest

Een leeg hoofd

Esther Goudriaan was een en al leven aan de startplaats. Als een gekooide tijgerin liep ze rusteloos heen en weer. In haar oren staken de dopjes van haar iPod. Anastacia moest Esther kracht geven, maar de stem van de Amerikaanse popster ging helemaal langs haar heen. Esther hoorde Anastacia niet. Ze hoorde de stem van Gabriël in haar hoofd.

'Shit,' mompelde ze. 'Dikke shit.'

Esther moest zichzelf oppeppen voor de race. Anastacia hielp haar daar altijd bij, maar nu werkte het dus voor geen meter. Ze liet Anastacia 'Paid My Dues' harder zingen, véél harder, maar Gabriëls stem liet zich niet verjagen.

'Doe normaal,' fluisterde ze zichzelf toe. 'Doe normaal!'

Niet eerder verlangde Esther zo sterk naar de commando's van de starter en het startschot. Waar blééf die vent? Was hij zijn pistool soms kwijt? Net als de andere sprintsters begon Esther loopsprongen te maken. Ze sprong als een soort stuiterbal op en neer om zo veel mogelijk energie in haar spieren te laden. Deze oefening bracht Esther weer een beetje in evenwicht. Uit haar ooghoeken loerde ze naar Kim Zwart, haar grootste concurrent. Ze is snel, dacht Esther, maar ik ben sneller.

'Gereedmaken!'

Ah, daar ben je dan eindelijk, dacht Esther. Nu moet ik rustig blijven. Rustig. Rustig. Rustig. Ik móét rustig blijven.

Na het commando van de starter trokken alle atletes hun trainingspakken uit en borgen hun muziek op. Esther wilde nu absolute stilte in haar hoofd, maar ineens was daar weer de stem van Gabriël.

Ik wist niet dat jij zo goed was.

Ja, dat had hij gezegd. Nu zag ze de jongen ook duidelijk voor zich. Zijn zwarte krulletjes. Zijn mooie ogen. Zou hij ook...

'Geef maar hier, Esther.' Roel Bentz nam Esthers trainingspak aan. De trainer had haar concentratieproblemen bemerkt. 'Maak je hoofd leeg, dame,' fluisterde hij nog even snel in haar oor. 'Maak je hoofd leeg en je wint hier goud!'

Alle acht de deelnemers stelden zich op achter de startblokken. Esther liep in baan drie. Kim Zwart in baan vier. Esther had nummer 45 op borst en rug. Kim Zwart nummer 7.

'Op uw plaatsen!'

Esther nestelde zich in de startblokken. Ze zette haar

voorste voet tegen het voorste startblok met de neus van haar schoen nog juist tegen de baan. Haar andere voet duwde ze tegen het achterste startblok. De knie van haar achterste been rustte op de grond. Esther plaatste haar handen op de startlijn en bracht haar schouders boven haar handen. Ze richtte haar duimen naar binnen.

'Leeg,' mompelde ze. 'Denk aan niets. Denk níéts, Esther Goudriaan!'

Esther strekte haar vingers naar de buitenkant en vrijwel tegelijk balde ze haar handen samen tot een halve vuist. Als eerste stond ze in de klaarhouding. In een flits zag ze haar lelijke nagels, de nagels van een nagelbijter. Tóch heeft hij mijn hand gestreeld, dacht ze. Hij! Esther keek naar de startlijn, haar hoofd barstensvol Gabriël.

'Klaar?'

Na dit laatste commando hieven alle sprintsters hun heupen omhoog. Onbeweeglijk stonden ze daar, als wassen beelden. De starter hief zijn pistool. Hij kromde zijn vinger rond de trekker...

Heb lef!

'Goed, je bent tweede geworden. Zilver. Dat is toch ook mooi?'

Esther keek Mounia aan alsof ze van Mars kwam. 'Nee, Moun. Een tweede plek is shít. Alleen de eerste plek telt!'

'Oké, Es. Relax.'

Esther stampte met haar voet op de grond. 'Ik was zo traag als een slak. Je weet toch hoe dat komt?'

Mounia knikte.

'Ik heb je hulp nodig, Moun. Echt. Anders word ik gek. Er komt namelijk wel een nationaal juniorenkampioenschap aan.'

'Oké, Es. Relax.' Mounia stond op van het bankje en liep naar haar kledingkast. Daar rommelde ze in een van de lades. 'Eerst ga ik een lekker sfeertje scheppen. Ah, hier ligt er nog eentje.' Triomfantelijk hield Mounia een wierookstokje omhoog. Ze stak het stokje aan en vrijwel meteen blies ze het vlammetje weer uit. Traag kringelde de rook naar het plafond. Een zoete, zware geur vulde de kamer. Mounia plaatste het stokje in een houten standaard. Daarna stak ze de kaars aan die midden op tafel stond.

De sfeer is inderdaad meteen anders, dacht Esther. Er is

iets veranderd, alleen heb ik geen flauw idee wát.

'Nu zet ik nog een fijn cd'tje op. Je mag kiezen, Es. Muziek van de oceaan? Dolfijnengezang? Tian Su?'

'Doe maar Tian Su, alsjeblieft.'

Al snel vloeide de traditionele Chinese muziek als honing uit de speakers. Het geluid van op bladeren vallende regendruppels maakte Esther rustiger. Ze liet zich op het bankje onderuitzakken en sloot haar ogen. Op haar gezicht verscheen de glimlach van iemand die op z'n gemak is. Mounia keek naar haar vriendin. Ondanks die eeuwige trainingsbroek zag Esther er betoverend uit. De kuiltjes in haar wangen als ze glimlachte. Die ongelofelijke slankheid. Een steek van jaloezie ging door Mounia's hart, maar dat gevoel verdween op slag toen Esther haar aankeek. In die zeldzaam blauwe ogen zag Mounia de onrust van iemand die weet dat alles zomaar mis kan gaan. Echt álles.

'En, wat moet ik doen volgens jou? Heb je al iets bedacht?'

'Ja, ja. Rustig aan, Sprintkanon.'

Esther schoot in de lach. 'Zo word ik alleen in heel suffe blaadjes genoemd.'

Mounia ging weer naast haar zitten. 'Je bent nu eenmaal een sprintkanon, Es. Daar is niks meer aan te doen.'

En daar had Mounia gelijk in. Al als negenjarig meisje had Esther tijdens sportdag de zestig meter in 8,7 seconden gelopen. De gymleraar geloofde zijn ogen niet en liet haar nóg een keer lopen. Toen was het zelfs 8,6. Diezelfde gymleraar adviseerde haar om op atletiek te gaan. Dat deed Esther. Ze werd lid van Hermes in Haarlem en als veertienjarige was ze nu een van de snelste meisjes van het land. Gisteren had ze zelfs meegedaan aan het Noord-Hollands Kampioenschap voor B-junioren, de zestien- en zeventienjarigen. Dat was uitzonderlijk.

'Maar wat moet ik nu doen?'

Mounia keek haar vriendin recht aan. 'Jij krijgt pas weer rust in je kop, Es, als je zéker weet dat hij ook op jóú is.'

'Zeker weten.'

'Nou, dan is het toch niet zo moeilijk?'

Esther zat meteen rechtovereind. 'Hoe bedoel je?' In haar stem klonk hoop.

'Nou, je vraagt gewoon aan Gabriël of hij...'

Met een katachtige beweging sprong Esther op van het bankje. 'Dat durf ik dus niet!' riep ze uit. 'Ik ga dood als hij nee zegt! Je kent me toch. Ik durf hem niet eens aan te spreken, laat staan dat ik...'

'Je móét het doen,' onderbrak Mounia haar op kalme toon.

Esther ging weer zitten. Ze staarde naar de rook die on-ophoudelijk naar het plafond kringelde. Uit de speakers klonk nu het geluid van in de wind wuivende rijsthalmen. Het moesten er miljarden zijn. Het kaarslicht flakkerde.

'Misschien heb ik iets voor je,' zei Mounia. 'Iets wat helpt.'

Ze stond op van het bankje en liep naar haar boekenkast. Traag liet Mounia haar wijsvinger over de boekruggen glijden. Tijdens het zoeken draaide ze aan haar wenkbrauwring, een halve ring met twee roze bolletjes aan de uiteinden.

'Dit is hem.'

Mounia trok een dun boekje uit de kast. Esther had weinig belangstelling voor boeken. Ze was niet zo'n lezer. Daar had ze de rust niet voor.

'Kijk maar eens op pagina veertien.'

Esther bekeek eerst de voorkant van het boekje. Het was een gedichtenbundel van een zekere Eva Buss. Esther bladerde naar pagina veertien. Daar stond een heel kort rijmpje. Het heette 'Heb l(i)ef!'. In Esthers wangen kwamen weer kuiltjes.

'Lef en liefde schijnen vaak samen te gaan, Es.' Mounia's lichtbruine, ovale gezicht stond ernstig, maar haar ogen straalden.

Esther las:

Kom kom, niet zo bang.
Vraag het en je hebt hem...
Je hele leven lang.

Dit is verdorie voor míj geschreven, dacht Esther. Deze woorden zijn voor mij bestemd, voor mij en niemand anders!

Ze sloeg het boekje dicht en schoof naar het puntje van

de bank. 'Die Eva Buss heeft gelijk. Ik moet léf hebben.'

'Zo is het,' zei Mounia. 'Wil je nog een tarotkaart trekken? Voor de zekerheid.'

Esther schudde haar hoofd.

'Mooi. Dan ga ik thee zetten.'

Mounia liep de kamer uit om in de keuken een ketel water op het vuur te zetten. Esther schoof ondertussen onrustig heen en weer op de bank. Haar bloed bruiste te veel om stil te kunnen zitten. Het wierookstokje was bijna op, maar de punt gloeide nog krachtig. Esther keek ernaar en mompelde: 'Ja, Esther Goudriaan, heb nou eens een keer lef!'

Blauwe kalmte

Tap, tap, tap...

Tap, tap, tap...

Esthers snelle voetstappen klonken hol in het trappen-huis. Samen met haar moeder woonde ze op de achtste verdieping van een galerijflat aan de rand van Haarlem. Nooit nam ze de lift. Altijd rende Esther zo ontspannen mogelijk, lichtvoetig, zonder een trede over te slaan, de trappen op en af: een prima training voor een sprintster.

Ik moet lef hebben, hield Esther zich halverwege de derde verdieping voor de zoveelste keer voor. Lef! Lef leidt tot liefde!

Tap, tap, tap...

Tap, tap, tap...

Lef! Lef!

Tap, tap, tap...

Lef! Lef! Lef! Lef!

Tap, tap, tap...

Maar wat als Gabriël niet verliefd op mij is?

Tap, tap, tap...

Tap, tap, tap...

Tap, tap, tap...

Ja, wat dan?

Bij elke trede maakte Esthers kastanjebruine haar een huppeltje. Zoals altijd begon ze op de vierde verdieping de spieren in haar bovenbenen te voelen. Maar pas op de vijfde verdieping stond ze zichzelf toe even op adem te komen.

Tap, tap, tap...

Tap, tap, tap...

Vóór Sinterklaas vraag ik het hem. Zeker weten. Vóór Sinterklaas doe ik het!

Tap, tap, tap...

Tap, tap, tap...

Daar was dan eindelijk de vijfde verdieping en Esther nam een adempauze. Ze boog voorover en steunde met haar handen op haar knieën. Allerlei gedachten probeerden in haar hersens door te dringen, maar die ketsten allemaal af op Gabriël Rex. Hij zat muurvast en heel groot in haar hoofd. Gabriël was de nieuwe jongen in 2-havo. Toen Esther hem voor het eerst zag, nu precies drie weken geleden, kon ze niets anders doen dan staren. In de klas waren ook de monden van andere meisjes opengezakt, behalve die van Mounia: die mond begon juist te praten.

'Lekker ding,' had ze Esther in het oor gefluisterd. 'Zal wel een boogschutter zijn.'

'Watte?' vroeg Esther ademloos.

'Mag ik stilte!' donderde Edgar Steen, hun leraar geschiedenis en tevens klassenleraar.

In de stilte werd de jongen nog mooier.

'Jongelui,' vervolgde Steen. 'Dit is Gabriël Rex. Uiteraard is hij van harte welkom in onze klas. Gabriël, zoek
maar een plek uit.'

Grijsgroene ogen dwaalden langs de bankjes.

'Shit,' siste Mounia. 'Hij komt onze kant uit!'

Meteen voelde Esther haar hart bonzen alsof ze in de
startblokken stond. En dat bonzen was eigenlijk niet meer
overgegaan.

Tap, tap, tap…

Tap, tap, tap…

Esther bereikte de achtste etage zonder te hijgen. Op
haar voorhoofd stond ook nauwelijks zweet. Ze was echt
in een superconditie. En dan toch maar zilver!

Op huisnummer 305 deed Esther de sleutel in het slot
van de voordeur. Even later stond ze in de gang. Haar roze
trainingsjack, getooid met het embleem van de Koninklijke
Nederlandse Atletiek Unie, hing ze aan de kapstok.

'Mam?'

Er kwam geen antwoord. Esther keek op haar horloge.
Halfzes. Haar moeder zou zo wel thuiskomen. Ze liep
naar haar kamer. Naast het bed van Esther stond een kledingkast met een spiegel aan de binnenkant van de deur.

'Je moet liefhebben,' zei ze tegen haar spiegelbeeld.
'Lief en lef.'

Met een zucht sloeg ze de kastdeur dicht. Daarna liet ze
zich ruggelings op bed vallen. Haar verliefde hoofd voelde

topzwaar. Zelfs hier, op haar eigen bed in haar eigen kamer, was er die ongewone spanning.

'O Flo-Jo,' kreunde Esther. 'Was ik maar als jij.'

Boven het voeteneind van Esthers bed hing een poster
aan de muur van Florence Griffith, bijgenaamd Flo-Jo, de
snelste vrouw op aarde. De Amerikaanse was gefotogra-
feerd in de startblokken bij een olympische finale en haar
gezicht was ontspannen alsof ze in een hangmat aan het
strand lag. Toen Mounia de poster voor het eerst zag,
raakte ze helemaal opgewonden.

'Es! Die vrouw!'

Esther had nog eens goed naar Florence gekeken.
'Eh... wat bedoel je, Moun?'

'De aura van die vrouw, Es. Haar lichtlichaam. Haar
uitstraling.'

'Sinds wanneer kun jij ook aura's lezen? Daar wist ik
niks van.'

'Dat kan ik ook nog niet écht goed,' reageerde Mounia
korzelig. 'Normaal gesproken niet, maar dit is zó krachtig.
Dit is helemaal crazy!'

'Juist,' zei Esther, om maar iets te zeggen.

'En dit is nog maar een foto!'

Mounia was op Esthers bed gekropen om beter te kunnen kijken.

'Misschien zie je het schijnsel van flitslichten, Moun. Bij
de start worden er duizenden foto's gemaakt door mensen
in het publiek.'

Mounia schudde haar hoofd. 'Nee, Es,' mompelde ze voor zich uit. 'Rond haar gezicht zweeft de oneindige rust waar mijn oma wel eens over sprak.' Ze had zich naar haar vriendin omgedraaid. 'Het is de blauwe kalmte die onoverwinnelijk maakt, Esther. Dat is maar voor héél weinigen weggelegd.'

Esther staarde peinzend voor zich uit.

Stel nou eens, dacht ze. Stel nou eens dat hij ook op mij is. Stel dat hij zóénplannen met me heeft! Ja, stel je nou eens voor…

Esther slaakte een zucht, want alleen die gedachten al waren heerlijk.

Bijen in Esthers oren

Esther lag nog altijd op haar bed te dagdromen. Voor de zoveelste keer dacht ze terug aan haar eerste, echte ontmoeting met Gabriël Rex. Eén keer had Esther namelijk met hem gepraat, vijf dagen geleden, in de fietsenstalling van de school. Ineens had hij haar aangesproken.

'Ik las over je in de krant,' had Gabriël gezegd. 'Ik wist niet dat jij zo goed was.'

Esther bloosde. Het voelde alsof haar wangen in brand stonden.

'Eh... ja... ja,' stamelde ze. 'Ik ben goed.'

Wat was dat nu weer voor een antwoord!? Hoe dom kun je zijn? Moest hij haar soms een opschepper gaan vinden?

'Wanneer heb je weer een wedstrijd?'

Wilde hij soms komen kijken? Wat nu? Esther deed vreselijk haar best om er ontspannen uit te zien, maar dat mislukte volkomen.

'Eh... op... op achttien november is het Noord-Hollands Kampioenschap, een groot toernooi.'

'Vet! Waar wordt dat gehouden?'

Waar? Jéétje, waar was het ook alweer? O ja. Ze wist het weer. Nu moest ze niet meer als een idioot staan stotteren.

'In de Sporthallen-Zuid in Amsterdam.' De woorden vlogen op topsnelheid uit haar mond, veel te snel. Ze moest rustiger praten. Ze moest veel rus-ti-ger praten. Had hij haar wel verstaan?

'Cool! Oké, succes daar.'

Nonchalant zwaaide Gabriël zijn been over de fietsstang. Esther stond nu vlak bij hem. Toen raakte hij heel teder haar linkerhand aan. Het was alsof Esther door een bliksemflits geraakt werd. Haar vingers trilden en er leek een zwerm bijen in haar oren te zitten. Zo gonsde het daar.

'Hoi!'

Esther had niet teruggegroet, want ze kon geen woord meer uitbrengen. Later, op weg naar huis, had ze zichzelf uitgescholden. Dit was haar kans geweest. Zelf zou ze Gabriël namelijk nooit durven aanspreken, laat staan aanraken! Waarom was ze dan ook zo vreselijk verlegen en nerveus? Nee, natuurlijk zag Gabriël niets in haar. Wat moest hij met zo'n hysterische trut? Of had ze toch een kans?

Of heb ik toch een kans? dacht Esther. Ja, ik moet lef hebben, want...

Klop! Klop!

'Esther?' Haar moeder verscheen in de deuropening. 'Waarom lig je op bed? Heb je je huiswerk al gemaakt?'

Esther ging rechtop zitten. 'Ik heb het bij Moun gemaakt.'

'O?'

Er verscheen een ontevreden uitdrukking op het gezicht van Sybille Goudriaan. 'Jullie hebben toch niet weer aan hocus pocus gedaan met die tarotkaarten en zo?'

Esther schudde haar hoofd, maar haar moeder was niet overtuigd. En voor de zoveelste keer begon ze over Esthers geluksring.

'Ik denk nog vaak aan die zogenaamde geluksring die ze jou heeft aangepraat. Kostte je twintig euro, Esther. Twíntig!'

Esther zei niets. Ze staarde naar de witte plek op haar moeders ringvinger. Sybille Goudriaan droeg haar trouwring niet meer. Had ze die ring ook in een sloot gegooid, zoals Esther met haar geluksring had gedaan na die dubbele valse start en diskwalificatie in Deventer? Ze durfde er niet naar te vragen.

'Ik heb trouwens met Zonnedauw gebeld. Je zus verwacht je morgenochtend om tien uur. Oscar Landeweer heeft dienst. Zie je hem ook weer eens.'

Esther slaakte een zucht. 'Nou mam, ik heb...'

'Andere plannen? Dan heb je pech. We hebben het erover gehad.'

'Nee, ik bedoel... Lizzy en ik krijgen steeds ruzie. Ik...'

'Daar kan je zus toch niets aan doen!' De stem van haar moeder klonk nu zo scherp als een scheermesje.

'Oké, mam. Natuurlijk ga ik.'

'Mooi zo!' Haar moeder legde verzoenend een hand op

Esthers schouder. 'Het liefst ga ik samen met jou naar Lizzy, schat, maar dat werkt nu eenmaal niet.'

Esther knikte. Tot drie keer toe hadden ze het geprobeerd, een gezamenlijk bezoek. Lizzy werd echter onhandelbaar als haar moeder ook maar de geringste aandacht aan Esther gaf. Nee, dat werkte voor geen meter.

'Kom je eten?'

Later op de avond draaide Esther zich in bed op haar linkerzij. Nu kon ze het vitrinekastje zien dat vlak naast het raam hing. Ze staarde naar de medailles, haar prestaties bewaard in goud, zilver en brons. De allermooiste was een grote ronde medaille, voorzien van een gouden laagje waarin een tengere sprintster was gegraveerd. Esther nam deze medaille regelmatig uit de vitrine om het koude metaal te voelen, om het reliëf van de sprintster te volgen met haar vinger, om het goud om haar hals te hangen, om het te kussen. Soms stond ze, getooid met de medaille, voor de spiegel en fluisterde ze dingen als: 'Spiegeltje, spiegeltje aan de wand, wie is de snelste van het land? Zeg het dan! Juist! Esther Goudriaan!'

Esther draaide zich op haar andere zij. Florence Griffith stond nog altijd in de starthouding, klaar om in een explosie van kracht en souplesse naar de finish te flitsen. Esther deed de lamp op haar nachtkastje uit. Ze staarde de duisternis in. 'Gabriël,' prevelde ze. 'O, Gabriël.'

De bus is lief

De volgende ochtend stapte Esther om kwart voor tien Zonnedauw binnen. In de gang van het gezinsvervangend tehuis bestudeerde ze het pictobord, een bord waarop kaartjes met symbolen waren neergezet, de pictogrammen. In beeldtaal stond hier het ochtendprogramma van de bewoners. De meeste kaartjes waren aangevuld met pasfoto's. Esther keek naar de pasfoto's van Lizzy. Ze zag het hoofd van haar zus bij de symbolen voor het ontbijt, de douche, de koffie en de fiets. Bij een pasfoto van Fons Kleipool stond het plaatje van een schaar. Over de schaar was een doorzichtig stukje plastic met een rood kruis geplaatst. Esther wist wat dit betekende. Fons mocht deze ochtend geen poppetjes knippen, zoals dat hier genoemd werd. Die poppetjes waren de zangeressen van de Vlaamse meidengroep K3. Fons knipte hun hoofden uit tijdschriften om ze op wc-rollen te plakken. Deze wc-rollen zag hij als zijn vrouwen.

Arme jongen, dacht Esther. Hij is verliefd op een stukje papier. Hoe is het toch in godsnaam mogelijk?

Op de bovenste rand van het pictobord, in de uiterste linkerhoek, stond een kleurenfoto van de begeleider van vanochtend. Aan de blik in de ogen van Oscar Landeweer kon je zien dat hij een geduldig mens was. Esther ritste haar trainingsjack open en klopte zachtjes op de deur van de huiskamer.

'Ja!' klonk een stem.

Esther deed de deur open en zag hoe Oscar net een appel van de fruitschaal pakte voor Nikki, een meisje dat zich nog geen jaar geleden niet wilde aankleden, de haren uit haar hoofd trok en aarde uit de tuin at.

'Is dit een goeie appel, Os?' Gespannen tuurde Nikki naar de vrucht.

'Ja, Nikki, dat is een goeie appel. Ga nu maar snel naar de bus, anders mis je hem.'

'Een appel is gezond, hè?'

'Ja, Nikki, een appel is gezond. Ga nu maar snel naar de bus, anders mis je hem.'

'De bus is lief.'

'Zeker.'

'Kusje, Os.'

Nikki rekte zich uit om Oscar een zoen op zijn wang te geven. Het was de kus van een robot, zonder gevoel, leeg. Esther vond het een griezelig gezicht en bleef bij de deur staan wachten. Oscar stak zijn hand naar haar op, maar Nikki negeerde de bezoeker. Ze stopte de appel in haar rugzakje en stormde vervolgens rakelings langs Esther de gang op. Daar staarde ze naar het pictobord.

'De bus is lief,' klonk weer haar temerige stem.

Daarna werd de buitendeur met een klap dichtgeslagen.

Oscar liet zich op de bank vallen en slaakte een zucht. 'Nikki treuzelt zo verschrikkelijk de laatste tijd. Goed, nu is iedereen uitgevlogen, behalve je zus natuurlijk.'

'Ja,' zei Esther. 'Iedereen is zeker naar familie.'

Oscar knikte. 'Er is een busje voor de weekends geregeld. We hebben zelfs een officiële halte gemaakt bij de Amethist. Je kent de Amethist toch nog wel?'

'Ja, daar heeft Lizzy in het begin eventjes gewoond.'

'Precies.'

Oscar keek Esther nu recht aan. 'Ik zag je een beetje schrikken van Nikki. De laatste dagen kan ze echt op blanco gaan, dan heeft ze zo'n lege uitdrukking in haar ogen. Op die manier sluit zij zich voor anderen af. Dat ligt dus niet aan jou, hoor.' Hij stond op van de bank. 'Wil je wat drinken? Lizzy luistert op haar kamer naar haar favoriete cd'tje. We hebben nog wel even tijd.'

'Prima,' zei Esther.

'Jij drinkt nog altijd spa rood?'

'Graag.'

Oscar liep naar de koelkast. Esther ging op de bank zitten.

'Hoe is het met onze sprintster?' vroeg Oscar, terwijl hij inschonk. 'Ik zag je laatst nog in de krant staan. Je had zilver gewonnen op de honderd meter, toch?'

Esther knikte.

'Goed hoor,' zei Oscar. 'Je moeder was vast trots op je.'

'Ja,' zei Esther.

Maar de waarheid was anders. Vanaf de tribune had haar moeder Esthers slechte start gezien en ze had erover gepraat met Roel.

'Je dromerij heeft je het goud gekost, schat,' zei haar moeder na de huldiging. 'Dat zegt Roel tenminste. Is er soms iets?'

'Nee,' had Esther gezegd. 'Er is niets.'

Oscar zette een glas spa rood voor Esther op tafel. Daarbij maakte hij een diepe buiging. 'Alstublieft, koningin van de sprint. Mag ik uw spikes kussen?'

'Kijk maar uit!' zei Esther lachend. 'Die spijkers zijn scherp, hoor!'

Oscar liet zich naast Esther op de bank ploffen. 'Ik zou ook wel ijzeren punten aan m'n zolen willen. Kan ik het diensthoofd eens een keer…'

Hij maakte een schoppende beweging met zijn cowboy-laars. 'Maar goed, Esther. Je bent een tijdje niet geweest.'

'Nee, ik moest steeds trainen. Vanmiddag ook weer.'

'Ja, ja, oefening baart kunst. Trainen is natuurlijk belangrijk voor je. Ik snap het.' Oscar sloot heel even zijn ogen. 'In ieder geval heeft je zus er zin in.'

Esther toverde met moeite een glimlach op haar gezicht. 'Ik ook.'

'Mooi zo. Ik moet wel zeggen dat Lizzy gisteravond nogal prikkelbaar was. Er is zelfs een glas gesneuveld.'

Esther klopte ter hoogte van haar borst op haar trainingsjack. 'Ik heb mijn mobieltje bij me.'

Esthers mobiel was een oude Nokia. Er stonden maar vier nummers in. De nummers van haar moeder, Mounia, Zonnedauw en haar trainer Roel Bentz.

'Als er wat is, kun je altijd bellen, Esther. Dat weet je. Ik neem aan dat jullie weer naar Kraantje Lek gaan?'

Esther knikte. Zoals altijd zouden ze op de tandem naar dit restaurant in Overveen fietsen. Een ritje van een kwartier. Lizzy dronk er een chocomel en Esther haar spaatje rood. Zo ging het altijd, want voorspelbaarheid was belangrijk voor Lizzy.

'Het weer werkt gelukkig mee.'

'Ja,' zei Esther. 'Zeker.'

'Het is toch niet te geloven. We zitten in november en het lijkt wel lente! Van mij mag het zo blijven.'

Oscar stond op van de bank om zichzelf koffie in te schenken. Esther bekeek de cd's die op de tafel lagen. Bassie en Adriaan met hun hit 'Hallo vriendjes'. к3 met hun hit 'Alle kleuren van de regenboog'.

Door к3 moest Esther aan Fons Kleipool denken. 'Fons mocht vanochtend niet knippen?'

Oscar lachte. 'Nee, hij ziet die wc-rollen echt als z'n vrouwen en hij blijft hoofdjes knippen. Hij heeft nu op z'n kamer zo'n vijftien Kristels, tien Josjes en... ach, hoe heet die andere zangeres ook alweer?'

'Karen.'

'Precies. Van Karen heeft hij ook minstens tien exemplaren. Het is een complete harem aan het worden en daarvan raakt hij in de war.' Oscar gaf een knipoogje. 'Ik zou ook gek worden van al die vrouwen.'

Esther nam een forse teug uit haar glas. Oscar ging weer naast haar zitten, beide handen om z'n koffiemok gevouwen. 'Trouwens, de banden van de tandem heb ik opgepompt. Ze zijn keihard.'

'Dank je.'

'En nog even voor de zekerheid, Esther. Lizzy viert hier Sinterklaas, maar ook bij jullie thuis op vijf december.'

'Ja, dat zei mijn moeder al.'

Esthers glas was leeg. Oscar keek op zijn horloge. 'Goed, nu is het onderhand tijd om Lizzy op te halen.'

Esther liep naar het eind van de gang en klopte aan bij de kamer van haar zus. Door een stralende Lizzy werd ze omhelsd, gezoend en geknuffeld.

'Zus, zus, zus!' riep Lizzy. 'Lieve zus!'

'Ja, ja,' zei Esther. 'Pas op! Druk me niet plat!'

Samen liepen ze door de gang terug naar de woonkamer. De bewegingen van Lizzy's benen waren onbeheerst en houterig. Met de vreemdste bewegingen en verstarringen stampte ze over het grondzeil.

'Hoi, stomme Os!'

Oscar stond bij het pictobord plaatjes en foto's uit te zoeken voor het avondprogramma. Rechtsboven op het bord stond een kleurenfoto van zijn collega Yvonne.

'Getsie, Yvonne!'

'Dames, veel plezier,' zei Oscar. 'Ik zie jullie wel weer verschijnen.'

'Dag, stomme Os!'

Esther hield bij de kapstok Lizzy haar jas voor en gespte haar een kleine rugzak om. Op de rugzak zat een sticker met de kreet KIJK ZE EENS KIJKEN!

'Eendjes!' riep Lizzy.

'Ja, brood voor de eendjes. Jij mag het dragen.'

Even later zaten beide zussen op de tandem en reden ze met een flinke vaart het fietspad op.

Vliegen is zo fijn

Waarom had Gabriël haar aangeraakt? Wat zág hij in haar? Zo mooi was ze niet. Van die rare puntneus kon een flink stuk af. Echt slim was ze ook niet. Haar cijfers waren nooit denderend, behalve die voor gymnastiek. Was ze grappig? Nee. Mounia was veel grappiger. Zij was dan wel dik, maar humor had ze wel. Toch had Gabriël Rex heel teder háár hand gestreeld. Of had ze het gedroomd?

'Hard! Zus! Hard!'

Esther draaide haar hoofd om. 'Ja, nu gaan we hard, hoor!'

Op het fietspad haalden ze enkele solofietsers in. Achter Esthers zwoegende rug zong Lizzy haar lievelingslied.

'Helikopter, helikopter,
Mag ik met jou mee omhoog?
Hoog in de wolken wil ik wezen,
Hoog in de wolken wil ik zijn.
Helikopter, helikopter,
Vliegen is zo fijn!'

Honderden keren had Lizzy dit lied gehoord en meegezongen. Inmiddels zong ze de woorden redelijk verstaanbaar. Nu volgde een weg vol drempels. Als voorrijder waarschuwde Esther haar zus. 'Let op, Lizzy. Bobbels!'

'Bobbels!' riep ze uitgelaten terug.

Esther zuchtte. Goed, die puntneus ging nog wel, maar waren haar bovenbenen niet te dik? Zelf vond ze van wel. Had ze soms minder hard moeten trainen? Maar ja, zulke benen horen nu eenmaal bij een sprintster. Dat begreep hij toch wel?

'Zus! Hard!'

Ze had daar in de fietsenstalling iets grappigs moeten zeggen of iets slims, maar ze was dus niet grappig en niet slim. Dan blijft de schoonheid over. Vond hij haar toch mooi? Haar ogen waren best mooi. Haar vingers niet. Ze moest stoppen met bijten. Ze...

'Zus! Hard!'

'Ja, ja!'

Esther maakte meer vaart.

'Goed zo, zus!'

Volgens Mounia woonde Gabriël met zijn ouders en twee broertjes in een villa in Heemstede. Uiteraard met een zwembad in de tuin. Zijn vader zou iets hoogs zijn bij een bank. Daarvóór woonde de familie Rex in Engeland en Zuid-Afrika. Deze informatie kwam van klasgenootje Carla.

'O, dan geloof ik er niets van,' had Esther meteen gezegd. 'Carla beweert zoveel.'

'Ze woont zelf ook in die buurt, Es.'

'Onzin, Moun. Ze liegt altijd.'

Esther had een bloedhekel aan Carla Stottijn met haar merkkleding en opschepperij over het zoveelste reisje naar Disneyland Parijs.

'Ik hoorde het haar tegen Rosalie zeggen. Wil je weten wat ze nog meer zei?'

'Nee, Moun. Dat wil ik niet!'

'Natuurlijk wil je dat wel,' had Mounia gezegd. 'Rond die villa staat een traliehek met het familiewapen erop... een schild met twee zwaarden en een kroon!'

Het stoplicht sprong op rood. Esther kneep in de remmen. Nog maar net op tijd kwam de tandem tot stilstand.

'Knopje drukken,' riep Lizzy. Moeizaam kwam ze van het zadel en drukte op het knopje.

'Goed zo,' zei Esther. 'Kom maar weer snel zitten.'

Lizzy waggelde terug en plofte op het zadel. Esther moest al haar kracht aanspreken om de fiets recht te houden.

'Wat duurt het lang!'

'Even geduld, Lizzy.'

'Wat duurt het lang!'

'Even geduld.'

'Wat duurt het lang!'

'Even geduld.'

'Wat duurt het lang!'

'Even geduld.'

'Stomme knop!'

Het licht sprong op groen. Esther zette krachtig af.

'Kom op! Trappen!'

'Nee, wil niet!'

'Kom op! Trappen! Niet remmen!'

'Wil niet!'

Het ging vaker mis bij dit stoplicht. Esther had erover gesproken met Oscar. De begeleider meende dat Lizzy het geruzie nodig had, maar wist ook niet precies waarom. In dit gesprek, nu zeker een jaar geleden, had Esther haar hart bij Oscar uitgestort. Waarom had het noodlot Lizzy getroffen en niet Esther? Waarom was nu juist Lizzy's verstand weggezogen door een of ander mysterieus spook en niet het hare?

'Je moet je niet schuldig voelen, Esther,' had Oscar gezegd. 'Niemand kan hier iets aan doen. Jij moet gewoon je eigen leven leiden en daarmee basta!'

Ja, haar éígen leven, daar ging het om. Esther wilde namelijk écht iemand worden! Zij verlangde naar applaus, roem, naar nog meer mooie stukken in de krant. Esther wilde later niet zoals haar moeder rotwerk doen in een kledingmagazijn. Nee, zij wilde een villa met een zwembad bij elkaar sprinten.

'Goed zo. Trappen!'

De tandem kreeg weer vaart.

'Papa stom. Papa boom in!'

Esther reageerde niet. Ze trapte stevig door. Anderhalf jaar geleden was hun vader zonder een woord vertrokken. Dat was ook het moment geweest dat Lizzy niet langer thuis kon wonen. Ze was agressief geworden. Ruzies om een bord of beker liepen uit de hand. Lizzy ging met dingen gooien, slaan, schoppen. Esther en haar moeder zaten onder de blauwe plekken. Miste Lizzy haar vader? Die man met z'n bieradem, nooit afbetaalde auto's, huurschuld, de man die Lizzy 'een vergissing' noemde.

'Papa apenkop!'

Esther trapte extra krachtig. 'Zo is het!' riep ze over haar schouder. 'Papa is een apenkop en kan de boom in. Hóóg de boom in.'

Haar vader vond ook háár kennelijk niet de moeite waard, een vergissing. Anders was hij wel gebleven. Toch? Tot voor kort was Esther altijd extra gespitst geweest op de post en de bel. En bijna elke avond lag ze in bed te wachten tot ze de voetstappen van haar vader hoorde. Zomaar ineens zou hij immers binnen kunnen wandelen.

'Hé, dotje!' zou hij dan zeggen.

Het gebeurde nooit. Zelfs een brief kon er niet af. Nu dacht Esther nog maar zelden aan haar vader. Ze had Gabriël Rex in haar hoofd.

'Gabriël,' mompelde ze voor zich uit. 'Gabriël...'

Een gek

De zussen kwamen bij hun vaste tussenstop, een bank aan de rand van het duin, vlak bij een meertje. Daar zouden ze de eendjes voeren. Esther zette de tandem op de standaard. Lizzy strompelde naar het bankje.

'Moe,' bracht ze uit.

Met enige moeite wist ze zelf het rugzakje af te doen. Ze streelde de gladde KIJK ZE EENS KIJKEN!-sticker, een idee van Sybille Goudriaan, die het staren van de buitenwereld naar haar kind spuugzat was.

'Eendjes,' zei Lizzy.

Terwijl Esther het brood uit de rugzak pakte, begon haar zus weer over de helikopter te zingen. Daarna was Elsje Fiederelsje aan de beurt met haar klompjes bij het vuur. Ook kabouter Spillebeen kwam langs op z'n grote paddenstoel, rood met witte stippen. Ineens zag Esther haar zus een langwerpig doosje uit haar broekzak halen. Lizzy vulde zulke doosjes op de sociale werkplaats met kattensnoepjes. Af en toe smokkelde ze er eentje mee. Lizzy hield van de geur van de snoepjes en at er soms ook van. Dan werd ze misselijk.

'Hap,' zei Lizzy.

'Nee,' zei Esther streng. 'Dat is kattenvoer!'

Met vragende ogen keek Lizzy haar zus aan.

'Hou je tong binnen, Lizzy!'

Lizzy schudde haar hoofd.

'Geef dat doosje aan mij!'

'Moei niet mee, apenkop!'

Lizzy stopte met een snelle beweging een kattensnoepje in haar mond. Esther probeerde het doosje uit de krampachtig gekromde vingers te trekken.

'Dikzak!' schold Lizzy. 'Moei niet mee!'

'Wel godver...'

'Zus! Moei niet mee!'

'Jezus!' In Esthers ogen lichtte een vonk van woede op. 'Geef hier, su...'

Het woord 'sukkel' kon ze nog net inslikken. Haar linkerhand was echter niet meer te stoppen. Die kwam met een klap op Lizzy's hand terecht. Het geluid van de tik klonk Esther als een startschot in de oren. Het doosje viel op de grond.

'Zo!' zei Esther.

Stomverbaasd keek Lizzy haar zusje aan.

'En nu gaan we eendjes voeren en daarna chocomel drinken.'

De tik op Lizzy's vingers miste z'n uitwerking niet. Nooit eerder had Esther haar zus zo zoet meegemaakt. Toen de eenden hun buikjes rond hadden gegeten, fietsten ze met een kalm gangetje naar Kraantje Lek. Lizzy trapte dapper mee en er kwam geen scheldwoord meer over haar lippen. Het terras van het restaurant was leeg. Met de zon in het gezicht zat het tweetal tevreden aan de spa en de chocomel. Esther sloot haar ogen. Oscar had gelijk. Het leek wel lente.

'Hé, Esther!'

Die stem. Droomde ze? Nee!

'Hé, Esther Goudriaan!'

Ze opende haar ogen en daar stond Gabriël, oogverblindend als altijd. Op zijn mooie hoofd droeg hij een zilvergrijze koptelefoon, het nieuwste model van Apple. Esther herkende het apparaat uit de reclamefolders die ze elke woensdag rondbracht. Daarom riep Gabriël zeker ook zo hard. Om boven de muziek uit te komen. Aan zijn hand voerde hij een spiksplinternieuwe mountainbike. Aan de voorvork zat een hockeystick geklemd. Gabriël naderde met grote passen het terras. 'Hoi, Esther! Ik...'

Ineens hield hij halt. Zijn blik viel op Lizzy. Gabriël knipperde met zijn lange, zwarte wimpers. 'Wie is dat nou? Je zus of zo?'

Zijn lach klonk als een regenbui in mei. Nog nooit had Esther bij iemand zulke witte, rechte tanden gezien.

'Nee... nee,' stamelde Esther. 'Nee.'

Gabriël verroerde zich niet meer. Hij bleef op afstand, alsof Lizzy besmettelijk was. 'Zoals je ziet, doe ik ook aan sport. Zullen we een keer samen hardlopen?'

Hoorde ze dat goed? Esthers hart maakte een sprint. Ze was blij dat ze op een stoel zat, anders was ze omgevallen.

'Natuurlijk,' gilde ze bijna uit. 'Leuk!'

'Goed. Aanstaande maandag om vier uur op Elswout?'

Elswout! Een ontzettend romantisch landgoed met een schitterend bos aan de rand van de stad. Esther voelde kippenvel op haar armen, benen, overal.

'Bij... bij de ingang?'

'Ja, bij de hoofdingang.'

Nu wenkte hij haar. Esther vloog naar hem toe als een hond naar z'n baasje. Gabriël had zijn koptelefoon afgedaan.

'Wie is dat dan?' vroeg hij zachtjes. 'Dat mens naast je.'

Zijn lippen zo dicht bij haar wang. Heb lef! Heb lief! Moest ze niet...

'Wie is dat dan? Die gek!'

'Huh?'

'Wie ís zij?'

Gabriël knikte over haar schouder naar Lizzy.

'Ik... ik weet niet. Ze zat er al.'

Shit! De tandem. Straks zag hij de tandem!

'Kijk maar uit. Straks bijt ze je.'

Zijn heerlijke lach schalde over het terras. Verdoofd door verliefdheid en schaamte wist Esther niets beter te doen dan knikken.

'Nou, ik zie je!' Gabriël zwaaide zijn been over het zadel en stoof weg.

Esther haalde opgelucht adem. Gelukkig had hij de tandem niet opgemerkt. Snel haalde ze haar mobieltje tevoorschijn en drukte een paar toetsen in.

'Hier Mounia's voicemail. Roept u maar!'

'Moun! Hier Es. Je raadt het nooit! Ik heb maandag een date met je weet wel! Mijn eerste date, in Elswout. Bél me alsjeblieft!'

Esther borg haar mobieltje op. Toen pas keek ze naar Lizzy. Van haar wangen gleden tranen en in haar ogen viel totale verbijstering te lezen.

'Zus? Jij zus!'

'Natuurlijk ben je mijn zus,' zei Esther. 'Ja hoor. Niks aan de hand.'

'Zus!'

'Toe Lizzy, hou je tong eens binnen.'

'Zus?'

'Natuurlijk ben ik je zus. Laat me even je tranen drogen. Hier is een servetje. Ja, goed zo. Ook weer gebeurd. Rustig maar. Heerlijk is het hier.'

De zon deed Esther haar ogen sluiten, maar niet voor lang. Ze schrok op van een ijselijke gil en glasgerinkel.

Miss Zenuwpees

Bij een ideale sprint zijn hoofd en schouders in rust. Bij Esther was dit tijdens de training op zaterdagmiddag niet het geval. Haar schouders waren verkrampt en haar hoofd schokte alsof het los op haar nek stond. Haar eerste passen waren bovendien wankel en de laatste meters raffelde ze af als een beginneling. Hoofdschuddend stond Roel Bentz toe te kijken. Op zijn chronometer prijkte 13,2. 'Verdorie,' vloekte hij zachtjes.

Zijn pupil had duidelijk haar dag niet. Dat was het lastige met dit natuurtalent: haar grilligheid, haar nervositeit, haar instabiliteit.

'Esther!' riep Bentz luid over de baan. 'Kom eens even.'

Tijdens de sprint zou Esther aan niets moeten denken. Ze moest van haar trainer leeg zijn, leeg en relaxed. Maar haar hoofd zat tjokvol Gabriël en nu was er ook nog Lizzy. Esther had bij Kraantje Lek op het punt gestaan om Oscar te bellen. Haar zus slaakte vreselijke kreten en bloed stroomde uit haar hand.

'Wat is er gebeurd?' had een toegesnelde kelner gevraagd. 'Kan ik misschien helpen?'

'Nee!' riep Esther in paniek. 'Nee hoor, er is niets aan de hand!'

O, wat was ze toch een hopeloos geval als het écht ergens over ging.

'Het lijkt me toch beter dat ik even naar die hand kijk,' zei de kelner. 'Heeft ze zichzelf gebeten?'

'Jij zus!' krijste Lizzy. 'Stomme zus! Apenkop!'

Esther keek de kelner blozend aan. 'Eh… dat ben ik dus,' piepte ze. 'Ik… ik bel wel even met haar begeleider…'

Maar dat was niet nodig geweest. Door de vriendelijke woorden van de ober kwam de vulkaan in Lizzy tot rust. Hij gaf haar een nieuw glas chocomel en deed al neuriënd een verbandje om haar hand.

'Kijk eens, schat.'

'Lief. Jij lief,' lispelde Lizzy.

'Niet meer bijten, hoor!'

'Nee. Niet doen.'

Op de terugweg sprak Lizzy geen woord, laat staan dat ze zong over de helikopter in de wolken. Ze hield de hele weg haar benen stil en weigerde om op het knopje van het stoplicht te drukken. In Zonnedauw stampte ze met gebogen hoofd meteen naar haar kamer. Esther vertelde Oscar over de kattensnoepjes en de tik op Lizzy's vingers.

'Oké, Esther,' zei Oscar. 'Goed dat je het zegt. Ze trekt straks wel weer bij. Maak je maar geen zorgen.'

Over het verráád sprak Esther niet, want zo voelde het:

verraad. Maar wat had ze dan moeten doen? Aan wonderschone Gabriël vertellen dat Lizzy... Ondenkbaar! Onmogelijk! Nee, ze had de waarheid niet durven zeggen, niet kúnnen zeggen. Zeker, Gabriël had haar zus een gek genoemd, maar dat deden zo veel mensen in het geniep. Gabriël Rex was tenminste eerlijk. Hij was niet nep. Bovendien was Gabriël zulke mensen niet gewend. Iedereen schrok de eerste keer van Lizzy, alle mensen staarden naar Lizzy – nee, het kon hem beslist niet kwalijk worden genomen.

'Kom je even, Esther?'

Esther liep schoorvoetend naar haar coach. Haar lichte atletiekschoenen voelden loodzwaar. De spikes onder haar voorvoeten prikten als eksterogen.

'Wat denk je dat je tijd is?'

'Waardeloos,' antwoordde ze. 'Vast weer een dikke dertien.'

Bentz knikte. 'Alles goed thuis?'

'Prima,' zei Esther.

De coach keek Esther zo doordringend aan dat ze haar gezicht afwendde.

'Ik vroeg je twee keer voluit te lopen. Dan moet je dat ook serieus doen. Je wilt toch de beste zijn?'

Esther knikte.

'Je loopt hier zonder enige druk, dame. Op trainingen zet je normaal gesproken je beste tijden neer. Je weet dat het Nederlands Kampioenschap eraan komt. Dat betekent een volle tribune en nóg sterkere tegenstanders dan Kim Zwart in de baan.'

Esther haalde haar schouders op.

'Met tv-camera's en de hele toestand eromheen.'

'Het lukt gewoon niet.'

Bentz wist precies hoe laat het was. Op het oog was Esther rustig, maar de trainer voelde aan dat ze met grote innerlijke spanning kampte. Natuurlijk had hij tijdens Esthers zilveren race de verkramping in haar schouders gezien en de valse spanningen in haar spieren. Bentz kende Esthers thuissituatie. Een zus in een gezinsvervangend tehuis. Een weggelopen vader. Waren er andere rampen gebeurd? Hij zou ernaar moeten raden, want Esther was zo gesloten als een oester.

'Thuis is dus alles goed?'

'Ja.'

Het had beslist met de laatste race te maken, dacht Bentz, met het onnodige verlies tegen Kim Zwart. Nooit eerder had hij Esther zó kwaad gezien. Een goed teken. Dit meisje wilde alleen maar winnen.

'Of zit je nog met je hoofd bij Kim Zwart?'

'Nee! Hou toch op over die Kim Zwart!'

'Oké, dame. Rustig maar.'

Bentz had na de verloren strijd tegen Kim Zwart Esthers zilveren medaille bekeken en troostende woorden gesproken: 'Het is een medaille, Esther.'

'Het is shit, Roel! Ik zat vér boven mijn persoonlijk record.'

'Onthoud dit goed, dame,' had Bentz toen gezegd. 'Records léén je alleen maar. Die worden steeds weer gebroken, maar de medailles hou je. Die kunnen ze je nooit meer afpakken, of je moet doping gebruiken zoals die oliedomme Marion Jones deed.'

Bentz keek naar Esthers handen. Hij zag met een flitsende blik dat niet alleen haar nagels, maar ook het vlees van haar vingertoppen was beschadigd. Er was dus wél weer iets aan de hand. Maar wat? Een vriendje?

'Mis je die geluksring niet, Esther?'

'Nee, ik heb hem niet voor niks weggedaan.'

'Ik bedoel: heb je geen behoefte aan iets nieuws? Kettinkje. Armbandje. Dat kan je heel goed helpen, Miss Zenuwpees.'

Bentz was serieus, want hij wist dat bijna alle topsporters bijgeloof nodig hebben, zeker sprinters.

'Is er dan geen leuke jongen die jou zoiets schenkt? Dat is nóg beter.'

Esthers blik verduisterde en haar wangen werden vuurrood. Op dat moment wist de trainer dat hij raak had geschoten.

'Ik wil naar huis.'

'Nee, nee. Je probeert het nog één keer, dame. Nu een goeie paslengte, mooie knieheffing en een lekkere afzet. Zet de spikes er maar diep in. Ik wil je zien klauwen als een wild beest. We gaan voor een lage twaalf. Kom op!'

Bovenmars

Esther en Mounia lagen die zondagmiddag op een dik Perzisch tapijt, de handen op hun buik gevouwen. Hun hoofden rustten op zwarte kussens met goudkleurige borduursels. Beide vriendinnen keken door een glazen koepeldak naar een hemel vol wolken.

'Wat gaan ze snel, Moun.'

'Dat heb je met die wind.'

Voor hun ogen werd een wolk door de storm aan plukken geslagen. De kaarsrechte streep van een vliegtuig ging er dwars doorheen.

'Wáár zag je Gabriël eigenlijk?'

'Bij Kraantje Lek. Hij sprak me meteen aan.'

'*Holy shit!*'

'Hij begon meteen over een date. Morgen gaan we samen hardlopen.'

'Ja, dat zei je.'

Er naderde een wolk met een dreigend uiterlijk. Hij was grijs en gerafeld.

'Ik ben jaloers, Es.'

Esther bleef zwijgend naar de dreigende wolk staren.

'Alle meiden in de klas willen verkering met hem. Ik ook.'

De laatste twee woorden sprak Mounia heel zachtjes uit. Daarna viel er een lange stilte op de zolderkamer. Esther werd er nerveus van. Ze keek uit haar ooghoeken naar haar vriendin. Mounia was eerlijk. Zij gaf haar jaloezie toe. Esther was níét eerlijk. Zij zweeg over het incident met Lizzy. Waarom? Was het te pijnlijk? Vast wel, maar in haar hoofd gebeurde ook iets wonderlijks. Haar schaamte werd steeds meer overspoeld door haar liefde voor Gabriël. Haar schaamte werd als het ware naar een donker plekje geschoven. Ze begon het incident zelfs af en toe te vergeten.

'Moun?'

'Ja.'

Esther aarzelde. Kon ze dit wel vertellen? Ach, dacht ze, waarom niet. Mounia was heus niet verliefd op Gabriël.

'Vannacht droomde ik dat ik hem zoende. In een zwembad!'

'Holy shit! Jullie waren dus naakt.'

'Weet ik niet meer,' zei Esther giechelend.

'Zoenen met Gabriël Rex. Stel je voor.' Mounia staarde dromerig naar de eindeloze hemel. 'Je hebt toch nooit eerder gezoend, Es?'

'Nee, tot nu toe kuste ik alleen medailles.'

'Wa-ha-ha-hoe!'

De schaterlach van Mounia knalde over de zolder. Volgens haar vader kon ze zo hard lachen door haar bolle wangen. Die vormden een soort klankkast.

'Ik heb ook nog nooit gezoend, Es, zélfs geen medailles. Kun je me morgen mooi vertellen hoe dat kussen in zijn werk gaat.'

'Zeker weten.' Esther ademde diep uit. 'Maar griezelig is het wel.'

Naast de vriendinnen stonden potten verf en een schildersezel. Aan de wanden van de zolderkamer hingen minstens tien schilderijen, sommige nog nat of half af. Esther herkende niets van de schilderingen. De doeken stonden vol met kleuren, lijnen en grillig gevormde vlekken. Deze manier van schilderen heette abstract. Esther vond het geheimzinnige schilderijen. Mounia's vader had ze gemaakt.

'Kijk, een gat in een wolk, Moun!'

'Schandalig! Wie heeft dat gedaan? Heeft Amor er een pijl doorheen geschoten? Wa-ha-ha-hoe!' De buik van Mounia schudde op en neer, maar ineens slaakte ze weer een diepe zucht.

'Wat is er?' vroeg Esther.

Er volgde nog een zucht.

'Moun? Wat ís er?'

Was haar vriendin tóch verliefd op Gabriël Rex? Dat zou rampzalig zijn.

'Wat is er nou?'

'Ach,' verzuchtte Mounia. 'Weet je, Es, ik word nooit zo goed als mijn oma. Ik vrees dat ik alleen een klein beetje verstand heb van tarotkaarten en handlezen.'

Esther haalde opgelucht adem.

'Denk ook eens aan die geluksring van jou. Waardeloos was het!'

'Dat lag ook aan mij, Moun. Ik wilde te graag winnen. Ik was te gretig.'

'Klets geen onzin, Es. Je kocht die ring op mijn advies.' Ze zuchtte. 'Ik heb vermoedelijk de sterrenstand weer eens verkeerd beoordeeld. Vierkant Uranus in tien. Dat was de uitkomst. Fout dus.'

Terwijl Esther naar de wolken staarde, dacht ze terug aan haar eerste ontmoeting met Mounia, nu een dik jaar geleden. Op het schoolplein voelde Esther dat iemand naar haar keek. Deze blik werd afgevuurd door een andere brugpieper, maar dan wel een heel bijzondere. Het was een mollig meisje in zwarte kleding. Om haar hals droeg ze een zilveren lotusbloem met in het hart een barnsteen. In haar oren staken Tibetaanse knopen en in haar wenkbrauw droeg ze een halve ring met aan de uiteinden roze balletjes. Vlak voor haar eerste ontmoeting met Mounia bad Esther regelmatig tot God, zoals iedereen in nood wel eens tot God bidt.

Laat papa alstublieft terugkomen.
Laat Lizzy alstublieft niet knettergek worden.
Laat mama alstublieft niet al die foto's verscheuren.
Laat Lizzy mij alstublieft niet slaan.

Laat mama alstublieft de maatschappelijk werker niet uitschelden.

Laat papa alstublieft met veel geld terugkomen en een mooi huis met een tuin kopen en ons dan lang en gelukkig laten leven.

Maar geen enkel gebed werd verhoord. Van Mounia werd in de klas al snel bekend dat ze een heks was. Nou ja, een heks... In ieder geval was ze een spirituele specialist, iemand van vlees en bloed die Esther misschien wél kon helpen. Waarom zou ze zoiets niet een keertje proberen? Dat kon toch geen kwaad? Esther wilde Mounia wel om hulp vragen, maar ze durfde het eenvoudigweg niet. Mounia leek echter te vóélen dat Esther hulp zocht, want op een ochtend had ze haar aangesproken.

'Mag ik je hand lezen?'

Esther werd bang. Ze schaamde zich ook voor haar kapotte nagels en vingertoppen vol littekentjes van het bijten.

'Waarom?'

'Ik hoop te zien dat jij je snel beter voelt.'

Dit antwoord deed een rilling over Esthers rug gaan. Ze kreeg een kleur en begon te stotteren.

'Wie... wie zegt me dat jij kunt handlezen?'

'Als handlezer, Esther, ben ik mijn gewicht in Snickers waard. Wa-ha-ha-hoe!'

Esther richtte haar sprookjesogen op Mounia's inktzwarte kijkers, maar ze kon het nog geen halve seconde volhouden.

'Geef me je rechterhand. De lijnen in die palm vertellen me hoe jij je nú voelt.'

'Wat! Wil je beweren dat die lijnen veranderen?'

'Natuurlijk! Waar kom je vandaan? Heb je onder een steen geleefd of zo?'

De verontwaardiging in Mounia's stem was echt. Daarom stak Esther haar rechterhand uit. Een bange hand.

'Wat een mooie slanke vingertjes. Hoe kom je eraan? Zijn ze wel van jou? Wa-ha-ha-hoe!'

Esther wist niets beters te doen dan schaapachtig te knikken. Mounia staarde en staarde en staarde en staarde.

'Hmmm,' bromde ze ten slotte. 'Je lotslijn is dun. Hier kronkelt hij wat en hier wordt hij zelfs onderbroken. Hindernissen. Ja, je zit in een moeilijke periode. Kijk, dit is je levenslijn. Die eindigt in een vork. Je moet straks dus een belangrijke keuze maken, erop of eronder zullen we maar zeggen. Mooi, nu gaan we de heuvels in.'

Esther trok haar hand terug. 'De heuvels? Wat klets je voor onzin?'

Mounia grinnikte en greep resoluut Esthers hand weer vast. Ze wees haar op het gebied tussen pink en pols. 'Dit is Bovenmars, Esther. Het is een onderdeel van de Marsheuvel en bij jou is Bovenmars vrij laag. Dat duidt op weinig zelfvertrouwen.'

Esther keek pijnlijk getroffen.

'Op dit moment dan, hè. Want ook heuvels kunnen slinken en rijzen. Nu kijken we even naar Ondermars, het gebied direct links van je duim. Ah, dat voelt hard aan. Je hebt dus grote hartstocht, Esther, maar je toont je gevoelens niet. Dat heeft te maken met je huidige onzekerheid.'

Esther voelde haar ongelovige hart ontdooien.

'Ah,' ging Mounia onverstoorbaar verder. 'Dit ziet er goed uit. Ook de muis van je hand noemen we Venusheuvel. Daar heb je er in totaal dus drie van. Zal ook wel nieuw voor je zijn. Bij jou steekt die een aardig eindje boven de andere heuvels uit. Jij kunt goed liefhebben, Esther. Dat zit wel snor.'

Toen bevoelde Mounia stuk voor stuk Esthers vingers. Die vingers bleken niet zo interessant, de duim des te meer.

'Je bovenste kootje heeft zich enorm goed ontwikkeld. Dat betekent wilskracht.'

Mounia slaakte een zucht van verlichting die Esther recht in het hart raakte. Het was geen nepzucht. Dit meisje was écht bezorgd om haar.

'Wilskracht is wat je nodig hebt. Het komt allemaal goed met jou. Sterker nog, jij gaat grote daden verrichten.'

'Hoe dan?'

'Simpel. Je moet voor jezelf kiezen en vooral moet je zo snel mogelijk vriendschap sluiten met iemand met wie je kan praten.'

'O? Wie is dat dan?'

Mounia had Esther met olijke blik aangekeken. 'Dat ben ik! Wa-ha-ha-hoe!'

De wolken gingen nu trager voorbij. Ook loeide de wind niet meer zo rond het huis.

'Kijk,' riep Esther uit. 'Daar komt een mooie wolk!'

De wolk had de vorm van een bloemkool. Hij glansde als zijde.

'Die is ook aardig. Die lange met van die rare torentjes. Zo'n beetje mijn neus.'

'Welnee, Moun. Je...'

'Kijk, die daar heeft de vorm van een amandel. Zoals jouw ogen.'

Ineens kwam er een heel leger wolken aan drijven. Dit wolkenveld had wel iets weg van een groot visnet. De meisjes riepen om de beurt wat ze zagen.

'Een hoed!'

'Een aambeeld!'

'De kont van Edgar Steen!'

'Een veer!'

'Een kasteel! De villa van Gabriël!'

'Een konijn!'

'Een golf!'

'Een komma!'

'Een vliegende schotel!'

'Een ijsbeer!'

'Een kroon met zwaarden!'

'Een toefje slagroom!'

Met een ruk hief Mounia haar hoofd van het kussen. 'Kom, Sprintkanon. Die slagroom maakt me hongerig. Laten we naar beneden gaan. Mijn moeder zou cake maken.'

Een zombie

In de woonkamer zat Mounia's vader in een luie stoel een boek te lezen. De schilder was nog zwaarder dan zijn dochter. Boven zijn hoofd hing een Indonesische wajangpop aan de muur. Mounia's vader had Esther wel eens vergeleken met die pop: allebei broodmager. Aan een andere muur hing de familiekris, een prachtig versierde dolk met een golvend lemmet. Een ander opvallend object in de kamer was een schilderij van Mounia's overleden oma, de grote tovenares. Ze had pikzwarte ogen en een rond gezicht. Op haar hoofd droeg ze een helderwitte tulband.

'Ah,' zei Mounia's vader, over zijn boek heen kijkend. 'Daar hebben we de wolkenlezers. Wat hebben jullie dit keer allemaal gezien?'

Esther vertelde over de vliegende schotel.

'Op welke etage vloog hij?'

'Etage?'

'Jazeker, meiden. Je hebt wolken die op de bovenste etage drijven, zo tussen de vijf en dertien kilometer hoog. Dan heb je nog de middelste etage die tussen de twee en zeven kilometer hoogte ligt. De onderste...'

'Ta-dá! Hier ben ik dan!' Mounia's moeder kwam de ka-

mer binnen met thee en spekkoek, een cake die was opge-
bouwd uit dunne laagjes bruin en wit deeg. De lekkernij
zag er schitterend uit. Esther nam een klein puntje. Mounia en haar vader hielden zich niet in.

'Lekker, schat! Ik wou dat het elke dag zondag was.'

'Heerlijk, mam. Eet toch wat meer, Sprintkanon. Straks
waai je buiten weg! Wa-ha-ha-hoe!'

Esther kon zien en ook voelen dat Mounia's vader en
moeder van elkaar hielden. Als je zag hoe ze naar elkaar
lachten, hoe ze elkaar aanraakten, hoe ze elkaar plaag-
den... Ja, deze twee mensen waren overduidelijk gelukkig
met elkaar. Later, toen Esther bij de deur afscheid nam van
haar vriendin, zei ze: 'Jij mag dan jaloers op mij zijn,
Moun. Ik ben jaloers op jou. Bij jullie is het altijd zo gezellig, zo warm!'

Mounia omhelsde haar vriendin. 'Maar jij gaat het ook
gezellig krijgen! Daar in Elswout!' Ze gaf een knipoogje.

'Ja,' zei Esther, enigszins weifelend. Ze voelde de drang
om over het incident met Lizzy te beginnen. Kwam dat
door de warme en oprechte reactie van Mounia? Zoiets
moest het zijn. Maar ineens, in een flits, was die drang om
alles op te biechten weer weg.

'Tot morgen.'

'Ja, tot morgen, Es.'

Tap, tap, tap...

Tap, tap, tap...

Shit, als ik verkering met Gabriël krijg, zal hij erachter komen dat Lizzy wél mijn zus is. Of hij hoort het op school. Nou ja, hij begrijpt natuurlijk dat ik het toen, op dat moment, niet kon toegeven. Dat ik bang was. Dat ik...

Tap, tap, tap...

Nou ja, het gaat om ons tweeën. Ik moet aan mezelf denken, aan mezelf en Gabriël. En daarmee basta!

Esther rustte dit keer niet uit op de vijfde etage. Ze knalde meteen door naar de achtste verdieping. Esther rende de galerij over en stak bij nummer 305 de sleutel in het slot. Toen ze haar trainingsjack aan de kapstok hing, werd ze overvallen door een ongemakkelijk gevoel. Er was iets mis.

'Mam?'

Geen antwoord.

'Mam!'

In de woonkamer trof ze haar moeder aan. Voor haar op tafel stond een vol glas sherry, ernaast stond de fles, halfleeg.

'Ah, daar ben je.'

Meer zei Sybille Goudriaan niet. Aan haar stem kon Esther horen dat ze met moeite haar tranen inhield. Ze stikte er bijna in.

'Wat is er, mam? Is het Lizzy?'

Haar moeder knikte met een nauwelijks waarneembare hoofdbeweging. 'Oscar Landeweer belde.'

O shit, dacht Esther, heeft Lizzy duidelijk kunnen maken dat ik... dat ik... Haar handpalmen voelden ineens ijskoud. Esthers mond werd zo droog dat haar lippen aan elkaar plakten.

'Lizzy is doorgedraaid. Ze kan met Sinterklaas niet thuiskomen. Dat wordt te veel. Ze laten haar nu lithium slikken, een heel zwaar middel.' Haar moeder verborg haar gezicht in haar handen. 'Ze wordt een zombie, Esther, dat arme kind staat stijf van de pillen. Ze wordt een zombie.' Langzaam liet Esthers moeder haar handen zakken. Met dronken ogen keek ze Esther aan. 'Zonder Lizzy wil ik geen Sinterklaas vieren.'

'Dat... dat is goed, mam,' hakkelde Esther. 'Wij vieren het toch op school.'

'Mooi,' mompelde haar moeder. 'Mooi.'

'We... we hebben lootjes getrokken.'

'Ja, lootjes. Leuk.'

Ineens keek haar moeder Esther aan met een blik vol bezorgdheid. 'Ik moest van Oscar zeggen dat jou heus niks te verwijten valt, schat. Het komt echt niet door die tik op haar vingers. Dat moest ik zeggen.'

Esther kleurde diep tot in haar nek. 'Dat... dat weet ik, mam. Ik weet het.'

'Ik ben natuurlijk meteen bij Zonnedauw langs geweest. Lizzy heeft het fotolijstje met jouw foto's kapotgesmeten en roept steeds: 'Ik zus! Ik zus!' Snap jij daar wat van? Van dat ik-zus-geschreeuw?'

Esther schudde haar hoofd. 'Nee, mam. Ik begrijp er ook niks van.'

's Avonds laat lag Esther te woelen in haar bed. De gouden medaille rustte in haar hand. Het goud maakte haar kalmer, zoals ook het staal van een revolver kalmte kan geven aan een misdadiger op de vlucht. En het lukte haar al snel om het beeld van de verbijsterde Lizzy in haar gedachten te vervangen door de gestalte van Gabriël. Zijn ogen. Zijn mond. Zijn haar. Zijn wangen. Zijn lippen. Zijn handen. Zijn kontje. Zijn stem…

Een zoen

Esther was een kwartier te vroeg voor haar afspraakje. Vanuit school was ze meteen naar huis geracet. Daar had ze snel een extra T-shirt met lange mouwen aangetrokken om geen kou te vatten, want het begon nu iets frisser te worden. Voor het eerst van haar leven had Esther zich opgemaakt. Bij de wastafel had ze wat roze lipgloss opgedaan en even later priemden haar wimpers door de mascara fier de lucht in.

'Snel,' sprak ze zichzelf hardop toe. 'Snel naar Gabriël!'

Nu stond ze bij het poortgebouw, de ingang van landgoed Elswout, met haar fiets aan de hand dromerig voor zich uit te kijken. Te midden van gladgeschoren gazons en strak gesnoeide hagen lag het paleisje, ook wel het Grote Huis genoemd. Esther zag zichzelf al lopen, hand in hand met Gabriël, over de kaarsrecht gesnoeide lindelanen naar hun huis, nee, hun paleis! Zij samen: de Koningin van de Sprint en de Mooiste Jongen op Aarde. Esther keek op haar horloge. Vier uur. Elk moment kon hij komen.

'Niet blozen!' mompelde ze voor zich uit. 'Niet blózen!' Haar vingers gingen trillend naar haar mond. 'En niet bijten, verdorie!'

In de klas hadden Esther en Gabriël net gedaan of er

niks bijzonders aan de hand was. Mounia daarentegen gaf steeds knipoogjes of stootte haar aan als Gabriël iets zei of zich een millimeter in zijn bank bewoog.

'Doe nou niet, Moun!' had Esther gesist.

Ook werd er in de klas, zo vlak voor de Sinterklaas-viering, druk gespeculeerd over wie wie had met lootjes. Esther liet niets los, hoe Mounia ook aandrong. Ze had twee weken geleden Manon getrokken, maar wie zou Gabriël hebben? Stel, hij had háár getrokken, haar, Esther Goudriaan, de Koningin van de Sprint, het Sprintkanon. Wat...

'Hé, Esther!'

Jeetje, weer een andere fiets. Dit keer een blitse race-fiets.

'Ha... hallo!'

Esthers hart smolt. Nooit was ze gelukkiger geweest. Dat trainingspak stond hem goed. Zijn hardloopschoenen moesten een klein vermogen hebben gekost.

'Zullen we onze fietsen wegzetten?'

Esther knikte. Duizend nerveuze hartslagen later liepen ze door het poortgebouw het landgoed op. Gabriël liep met de vanzelfsprekendheid of hij er woonde.

'Kom... kom je hier vaker, Gabriël?'

Heerlijk was dat. Zijn naam noemen.

'Ja, ik ga hier wel eens joggen met mijn vader.'

'Aha.'

Gabriël haalde diep adem. 'Dit is beter dan dat muffe klaslokaal.'

'Zeg dat wel.'

'Zullen we?'

'Prima. Laten we rustig aan beginnen.'

Met een forse gang rende Gabriël over een van de linde-lanen in de richting van het Grote Huis. Esther holde achter hem aan. Ze passeerden het Grote Huis aan de linkerkant. Toen renden ze over een houten brug die hen een beukenbos in voerde. Gabriël keek over zijn schouder.

'Zullen we wat sneller? Dit is niks.'

'Prima.'

Daar gingen ze. Harder en harder.

Shit, dacht Esther, wat heeft hij toch een lekker kontje.

Gabriëls loopstijl was stoer en zwaar. Esther liep op souplesse en verliefdheid. Ze zweefde door het bos. Met volle teugen genoot ze van Gabriël en het rennen. De twee lopers lieten het bos achter zich en schoten in hoog tempo het park in, langs de vijver waarin honderden witte waterlelies dreven. Het was een prachtig gezicht, maar Esther zag de lelies niet. De omgeving was voor haar verdwenen. Gabriël versnelde. Esther hield hem makkelijk bij. Hij keek weer over zijn schouder. 'Ah, je bent er nog.'

Hij leek verrast. Waarom? Hij wist toch dat ze een kampioene was? Hij had toch over haar in de krant gelezen? Zij was toch goed?

'Natuurlijk ben ik er nog!'

In een flits had Esther zijn gezicht gezien. De zwarte krulletjes op zijn voorhoofd zaten nog keurig in de plooi.

Zijn wenkbrauwen waren vochtig van het zweet, maar zijn ogen schitterden krachtig.

'Nog een schepje erbovenop!' riep hij uit. 'Kom op!'

Nu lagen ze in een halve sprint. Gabriël begon moe te worden. Esther merkte het aan zijn ademhaling.

'Daar staat een prieeltje,' riep Esther. 'Zullen we even gaan zitten?'

Gabriël keek om. 'Goed,' riep hij terug. 'Als je moe bent.'

Esther nam wat gas terug. Gabriël arriveerde met dertig meter voorsprong bij de rustplek. Het prieeltje was gebouwd als een berghut. Gabriël bleef voor de hut staan.

'Ga jij maar zitten, Esther.'

'Prima.'

Ze ging op het houten bankje zitten. 'Je ging behoorlijk hard, Gabriël.'

'Poeh, dat is nog niets.'

Toen liet hij zich naast Esther op het hout ploffen. Zijn zweet rook naar pas gemaaid gras. Hier moet het gebeuren, dacht Esther, deze plek is ervoor gemaakt! Nu moest ze lef én lief hebben. Kom kom, niet zo bang...

'Zo, nu zijn we goed warm gelopen,' zei hij stoer.

'Ik...' begon Esther. 'Ik...'

Verder kwam ze niet. Straks, dacht ze paniekerig, ik vraag het hem straks wel. Zeker weten. Straks vraag ik het!

Esther had nu het liefst haar hoofd op Gabriëls schouder willen leggen, maar dat durfde ze niet. In geen honderd jaar. Wel begon ze met haar ogen te knipperen zoals ze verliefde filmsterren had zien doen.

'Ik doe aan hockey, wielrennen en mountainbiken,' zei Gabriël. 'Dat laatste heb ik veel in Zuid-Afrika gedaan. Daar heb ik een tijd gewoond.'

Carla Stottijn had niet gelogen!

'Aha.'

'Ben jij wel eens in Afrika geweest?'

'Nee.'

België. Daar moest Esther het mee doen.

'Wat doet jouw vader eigenlijk?'

Wat nu? Liegen? Nee, dat had geen zin.

'Ik... ik weet het niet. Hij is weggelopen. Mijn ouders hebben ruzie.'

'O?'

Snel veranderde Esther van onderwerp. 'Wie heb jij met lootjes getrokken?'

'Ach, ik vind het allemaal zo kinderachtig!'

'Ja, maar wie héb je?'

'Dat moet toch geheim blijven.'

'Ach, toe nou.'

'Oké. Ik heb Carla.' Rond Gabriëls lippen verscheen een glimlachje. 'Wat trek jij ineens een vies gezicht.'

'Ik vind haar zo'n aanstelster.'

'Ja, het is inderdaad een beetje een trut. Ze woont vlak bij mij in de buurt.'

Gabriël vroeg niet wie Esther had getrokken. Hij begon

over heel iets anders. 'Weet jij soms waarom sprinters van die gespierde armen hebben? Je loopt toch met je benen.'

'De versnelling begint met je armen, Gabriël.'

Het blééf heerlijk om zijn naam uit te spreken. Die mooie naam.

'O?'

'Ook met je armen kun je snelheid maken.'

Esther wist er alles van. Met ontelbare krachtoefeningen had ze haar schouders en bovenarmen ontwikkeld om de armbeweging zo krachtig mogelijk te kunnen maken.

'Mijn trainer noemt het de zuigerstangbeweging.'

Gabriël bukte zich en strikte zijn schoenveters wat vaster. Prachtige handen had hij. Wat zou Mounia in zulke handen lezen? Je zult gelukkig worden met een sprintster? 'Gek woord.'

'Hij heeft het ook wel eens over heupwerking.'

'Wat is dat?'

Waarom zou ze hem niet een keertje aanraken? Met haar wijsvinger prikte ze Gabriël heel snel in de heup. Ze durfde! Ze had lef!

'Daarmee bedoelt hij dat je heup je voet in werking zet tijdens de klauwfase.'

'Klauwfase? Wat is dat nou weer?'

Gabriël als haar leerling! In Esthers buik gingen duizenden vlinders als gekken tekeer.

'De klauwfase is het voetcontact met de grond tijdens een sprint.'

'Aha.'

'Roel, mijn trainer, heeft het dan over je klauwen uitslaan. Hij zegt ook wel eens: "Ik maak een roofdier van je!" Snap je? De spikes zijn mijn nagels.'

Gabriël lachte. Hij lachte om haar. Hij vond haar grappig!

'Weet je wat hij ook zegt?'

'Nee, vertel!'

'Je loopt vanuit je billen, want je kont is je grootste spier.'

Weer lachten die prachtige tanden zich bloot. Oei, toch was dit gevaarlijk. Vond hij haar sprintkont niet te dik? Snel een ander onderwerp.

'Ken jij Florence Griffith?'

'Nooit van gehoord.'

'Zij is al jaren dood, maar nog altijd wereldrecordhoudster op de honderd meter met 10,49. Ik heb een uitspraak van haar in mijn agenda geschreven.'

'Ja?'

'Die uitspraak gaat zo: "Je bent pas snel als je niet tegen je lichaam vecht. *Let it go!* Laat het gaan! Ontspanning is de sleutel tot snelheid!"'

Had hij geluisterd? Het leek er niet op. Ze was zijn aandacht kwijt.

'Zullen we zo een wedstrijdje sprinten, Esther? Ik durf te wedden dat ik van je win!'

Wat nou? Was hij serieus?

'Weet waar je aan begint, Gabriël! Ik ben een kampioene, weet je wel. Een van de snelste meisjes van Nederland. Ik heb thuis een kast vol medailles.'

Gabriël kneep één oog tot een kiertje. 'Jij bent inderdaad een meisje. Ik een jongen. Ik win van je!'

Nu werd het gevaarlijk. Esther had wel meer tegen jongens gesprint op haar atletiekclub. Als jongens ergens een pesthekel aan hadden, was het wel verliezen van een meisje. Wat nu? Moest ze hem laten winnen?

'Goed, jij je zin.'

'Waar zullen we om wedden?'

Typisch jongens.

'Zeg het maar, Esther. Vijf euro? Tien?'

Zo veel geld kon ze helemaal niet missen. Wat nu?

'Vijftien euro?'

'Een zoen!' Ze flapte het eruit voor ze het wist.

'Hoe bedoel je?'

'Nou, simpel. Wie wint krijgt een zoen van de verliezer.'

Moest hij daar zo lang over nadenken? Wat was dat toch met jongens?

'Oké,' zei Gabriël. 'We sprinten op het gazon bij het Grote Huis, vlak voor het bordes.'

De volmaakte sprint

Esther knielde naast Gabriël in het zachte gras. Haar lichaam spande zich als een veer. Ze concentreerde zich op de komende krachtexplosie, maar keek toch nog even snel naar de finish, een beuk met rode bladeren die midden op het gazon stond. Ze plaatste haar handen op de startlijn, een rijtje vroege sneeuwklokjes. Ze bracht haar schouders boven haar handen. Haar rechterknie rustte op de grond.

'Doe me maar na, Gabriël.'

'Ja, ja, ik weet het wel. Op tv heb ik het honderden keren gezien.'

Beiden stonden in de starthouding. Esther wierp een snelle blik op het Grote Huis. Aan de gevel hingen twee beveiligingscamera's. De ene camera was strak op het gazon gericht. De andere bewoog licht zoemend heen en weer.

'Speel jij maar voor startpistool,' zei Esther. 'Ben ik wel weer een sprintkanon.'

Gabriël kon er niet om lachen. Hij was uiterst serieus. 'Moet ik dan ineens "pang" roepen of zo?'

'Nee, nee, je hebt gelijk. We doen het officieel. Je zegt

"klaar voor de start". En dan roep je "af!" En dan gaan we.'

Gabriël knikte.

'Oké.'

Esthers hoofd was redelijk op orde. Ze was eindelijk weer eens een beetje ontspannen, nota bene met haar grote liefde vlak naast zich! Hoe was het mogelijk? Maar hoe snel was Gabriël? Ze moest zich niet laten verrassen. Of juist wel?

'Klaar voor de start?'

Daar klonk de jongensstem vlak bij haar oor. Esther hief haar heupen omhoog. Ze stond op handen en voeten. Haar blik hield ze strak gericht op de sneeuwklokjes.

'Af!'

Esthers handen verlieten het gras en vrijwel tegelijk kwamen haar benen en armen in actie. Haar eerste pas was klein en haar rechterarm zwaaide krachtig schuin omhoog. De arm kwam zelfs boven haar hoofd uit. De volgende pas was al iets groter. Ze liep de eerste tien meter op haar voorvoeten en de puntjes van haar tenen. Ze tipte de bodem slechts aan. Haar armen en benen bewogen nu pijlsnel. Esther keek recht vooruit. Het enige was ze zag, was de beuk met de rode bladeren. Nog een meter of tachtig.

Stamp, stamp!

Dat was Gabriël.

Nu had ze haar natuurlijke paslengte te pakken. Na dertig meter lag Esther op topsnelheid. Al haar bewegingen waren krachtig, maar niet hoekig. Ze sprintte met een fluwelen venijn. Haar voeten roffelden luchtig op het gladgeschoren gazon. Ze glééd als het ware naar de boom. Achter zich hoorde ze iemand piepen en hijgen. Gabriël was in ademnood. Zelf ademde Esther nauwelijks. Toen ze de beuk passeerde, had ze precies één keer ademgehaald. Voor meer had haar lichaam geen tijd.

'Jippie!' juichte Esther met haar handen in de lucht.

Ze draaide zich om. Haar tegenstander had nog zeker vijftien meter te gaan. Op de honderd meter sprint was dat een enorme afstand. Een vernéderende afstand.

Meteen had Esther spijt van haar gejubel. Hoe chagrijnig waren die andere jongens wel niet geweest, toen ze hen eruit had gelopen? De meeste liepen sinds hun nederlaag met een grote boog om haar heen.

Stamp! Stamp!

Gabriël daverde over de finish. Zijn gezicht was vuurrood van inspanning. Hijgend bleef hij op twee meter afstand van Esther staan.

'Shit!' gromde hij. 'Dikke shit!'

Hij boog zijn hoofd en leunde met zijn handen zwaar op zijn knieën. In deze houding bleef Gabriël Rex zeker een halve minuut staan. Esther durfde niets te zeggen. Ze bewoog ook niet. Ze was onbeweeglijk als bij de start.

Jeetje, dacht ze. Had ik me maar ingehouden, maar ja, het ging zo lekker. Het was een volmaakte sprint. Had ik...

'Oké,' zei Gabriël, terwijl hij zich moeizaam oprichtte.

Ineens stond hij voor haar. De jongen tuitte zijn lippen. Shit, dit ging wel heel snel. Esther schrok en verstijfde. Droomde ze? Hier had ze namelijk al zo vaak van gedroomd. Was dit echt? Ja! Hij ging haar kussen. O jee, zat haar neus niet in de weg? Hoe moest dit? De kus was goed gemikt en nog heerlijker dan in haar dromen. Zijn lippen raakten heel teder de hare en veroorzaakten een verrukkelijke flits van tintelingen in haar lichaam.

'Dank je,' stamelde ze.

'Je ruikt lekker, Esther. Naar sinaasappel en rozen.'

Ze liepen naar hun fietsen. Bij elke stap voelden Esthers benen als rubber. Wat is er met me aan de hand? dacht ze. Het lijkt wel of ik opnieuw moet leren lopen! Het voelde alsof ze met een toverstokje was aangeraakt.

Gabriël aarzelde bij zijn fiets. Wilde hij nog blijven? Wilde hij langer bij haar zijn?

'Dag, Es! Tot morgen.'

Nee dus, maar hij zei Es! Hij zei Es!

Esther wist niet hóé ze het deed, maar ze belandde op het fietszadel.

'Ik blijf nog even,' zei Gabriël glimlachend. 'Ik moet nog iets doen.'

Wát dan? Een afspraak met een ander meisje? Een vlaag van jaloezie sneed Esther bijna de adem af.

'O, nou... oké. Tot gauw, Gabriël! Tot gauw!'

Na honderd meter keek ze over haar schouder. Gabriël stond er nog. Hij zwaaide naar haar alsof ze een wereldreis ging maken.

Liefje

Roel Bentz was tevreden over zijn pupil. Nooit eerder zag hij Esther zo hard trainen als die avond. Ze straalde ook iets krachtigs uit, iets nieuws: zelfvertrouwen, rust. Nog één keer had de trainer met Esther gesproken over haar nederlaag tegen Kim Zwart.

'Een goeie start is van het grootste belang voor je hele race, dame. Meteen vóórliggen geeft je een gevoel van veiligheid en maakt dat je de wedstrijd ontspannen kunt lopen. En die ontspanning geeft je weer extra snelheid! Snap je?'

Esther knikte.

'Daarom laat ik je na de warming-up tien buikstarts doen. Oké?'

'Prima!'

Na vijftien minuten rekken en strekken was Esther warm en ging ze plat op haar buik op de vloer van de sporthal liggen.

'*Go!*' riep de trainer ineens.

Esther vlóóg overeind en sprintte tien passen. Meteen daarna ging ze weer liggen. En zo ging het tien keer achter elkaar. Roel gaf aanwijzingen.

'Geen trippelpasjes op die eerste meters, dame!'

'Niet je armen voor je borst zwaaien, ook al ben je moe!'

'Benen helemaal uitstrekken!'

'Niet te snel omhoogkomen. Blijf lang laag!'

'Hou snelle benen, dame! Snelle benen! Goed zo!'

Nadat Esther was uitgepuft, had Roel alweer een nieuwe oefening. Hij liet haar op snelheid twintig meter hinkelen op haar linker- en rechterbeen. Daarna smeten ze nog vijf minuten een drie kilo zware medicijnbal naar elkaar.

'Ben je nu écht goed warm?' vroeg de trainer.

'Ja, zeker weten.'

'Dan gaan we naar buiten.'

Bentz hield de deur voor haar open en zei grinnikend: 'Van liefde krijg je het trouwens ook vréselijk warm.'

Meteen kreeg Esther een vuurrode blos op haar wangen.

Buiten viel een lichte motregen. De lichtmasten beschenen de atletiekbaan, waar andere atleten hun rondjes liepen.

Ik ruik naar rozen en sinaasappel, dacht Esther.

'Goed, dame. We doen een officiële sprint over honderd meter. Ik klok je tijd en ik wil dat je álles geeft.'

'Oké.'

Vanochtend noemde hij me 'liefje', dacht Esther. Liefje!

Het was gebeurd bij de kapstokken. Eerst had Gabriël vluchtig met zijn hand over haar wang gestreeld. Zijn vin-

gertoppen voelden verrassend zacht. Het gevoel was on-
beschrijflijk, ook al deed Esther later haar best om het
Mounia uit te leggen. 'Het voelde alsof ik een wereldre-
cord had gelopen, Moun. Alsof het Wilhelmus voor me
werd gespeeld. Het was kippenvel!'

'Net als die zoen?'

'Nee, dit was toch weer anders. Héftiger bijna!'

'Zei hij nog wat tegen je? Zéí hij nog wat?'

De verliefdheid in Esthers ogen had zich verdubbeld.
"Liefje," fluisterde ze. 'Hij noemde me "liefje".'

'Holy shit!'

'Zeg dat wel, Moun,' had Esther gemompeld. 'Zeg dat
wel.'

Esther stond in de startblokken. Ze voelde zich geweldig. Haar hoofd was vol Gabriël en dat was helemaal niet
erg. Gabriël was namelijk ook op haar! Roel stond met zijn
stopwatch in zijn hand bij de finishlijn.

'Klaar?'

Esther hief haar heupen omhoog. Haar blik was aan de
startlijn gekleefd. Ze voelde hoe al haar kracht en moed
zich in haar benen verzamelden. Haar hart klopte rustig,
bijna loom. Ze was ongewoon ontspannen.

'Af!'

De sprintster schoot als een veer uit de startblokken.
Esther keek recht voor zich uit. Niets leidde haar af. Ze
liep puur op haar voorvoeten en tijdens de race raakten
haar hakken de grond niet één keer aan. Haar wangen gin-

gen precies twee keer bol staan, toen ze zich vulden met lucht. Ja, Esther had geest en lichaam onder controle, tot haar vingers aan toe. Haar vingers klemde ze namelijk strak tegen elkaar om zo weinig mogelijk weerstand te ondervinden. Ze doorkliefde de lucht als een mes, ze sprintte tussen de triljoenen regendruppels door zonder nat te worden.

Roel zag haar door de motregen op zich af komen stuiven. Ze loopt als een hinde, dacht hij. Een hinde. 'Kom op, Esther! Nog dertig meter! Versnellen!'

Enkele andere volwassen atleten staakten hun rondje en keken toe.

'Dat is Esther Goudriaan,' zei er eentje. 'Zo'n talent komt eens in de tien jaar voor. Ze is zo gespierd en licht als een balletdanseres, maar ze is ook nog eens ongelofelijk technisch en soepel.'

'Die meid rent niet, ze glijdt!' zei een ander.

'Mijn dochter heeft net zo veel talent,' beweerde een derde. 'Maar die krijgt geen privétraining van Roel Bentz.'

Esther versnelde en wierp uit alle macht haar linkerschouder naar voren.

'Finish!'

Roel Bentz brulde dit woord en drukte tegelijk de knop op zijn stopwatch in. Esther liep zeker vijftig meter uit. Toen dribbelde ze langzaam terug naar haar trainer. Op diens gezicht verscheen een glimlach.

'Wat is er?' vroeg Esther. 'Is het een goeie tijd?'

'Goeie finish, dame. Op de finishlijn telt de positie van de schouder. Uitstekend!'

'Maar wat is mijn tijd nou?'

Roel Bentz lachte geheimzinnig.

'Kom op, Roel!'

'Jouw tijd, dame, geeft me een heel goed gevoel over het komend nationale juniorenkampioenschap.'

'Toe nou!'

'Kijk zelf maar.'

Roel Bentz hield haar de stopwatch voor. Daar stond het.

'Jezus!' kreunde Esther. '11,95.'

'Gefeliciteerd,' zei de trainer. 'Gefeliciteerd met je nieuwe persoonlijk record!'

Een hart van suiker

Na haar eerste zoen liep Esther niet alleen sneller, ook de tijd vloog in een veel hoger tempo voorbij. Ineens was het woensdag vijf december. Op die woensdagochtend staarde Esthers moeder aan de ontbijttafel naar een punt in de verte. 'Gisteravond laat belde Oscar. Het gaat nog steeds niet goed met Lizzy.'

Esther reageerde niet. Ze legde de laatste hand aan haar surprise voor Manon: een lekke voetbal vol stroop en gekookte spaghetti. In het hart van de bal zat een in plastic verpakt boekje over de vijf beste vrouwelijke voetballers van Nederland. Manon was namelijk gek op voetbal. Ze speelde in de spits bij Geel Wit.

'Ze slaapt verschrikkelijk veel. Dat komt door die extra medicijnen.'

De voetbal was netjes ingepakt. Nu maakte Esther met plakband het rijmpje op de bal vast. Ze had vreselijk op het gedichtje zitten zwoegen. Ze was twee uur bezig geweest om tien regels op papier te krijgen. Normaal deed Esther daar een kwartiertje over, maar ja, alles was niet meer normaal.

'Dat lithium is slecht voor haar tanden. Je ziet ze achteruitgaan. Ik word daar zo treurig van. Zó treurig!'

Esthers handen waren druk met de surprise in de weer, maar haar gedachten waren heel ergens anders. Op Esthers kamer lagen nog twee Sinterklaascadeautjes. Een pluchen Ernie voor haar zus én een suikerhart voor Gabriël. Háár hart. Daar hoefde geen rijmpje bij. Dat was duidelijk genoeg.

'Lizzy heeft het vaak over je, Esther. Oscar wil dat je snel weer eens langsgaat. Misschien kun je aan het eind van de middag na schooltijd, na Sinterklaas?'

Er kwam geen reactie.

'Esther?'

Goed, Gabriël had dan wel een hekel aan Sinterklaas, althans, hij vond het kinderachtig, maar iedereen heeft toch graag een...

'Verdorie! Esther!'

'Huh? Ja, wat is er?'

Haar moeder keek haar scherp aan. 'Luister je eigenlijk wel naar wat ik zeg? Ik heb het over je zus die het erg moeilijk heeft! Alles lijkt de laatste dagen langs je heen te gaan.'

'Ik heb een pop voor haar gekocht, een Ernie.'

Haar moeder slaakte een zucht. 'Dat is lief van je.'

Esther stond op van tafel. Ze had slecht ontbeten. Eén boterham met magere kaas en een kopje thee. Meer kreeg ze niet weg. Op school was er volop marsepein en chocola. Daar had ze gek genoeg wél trek in. Normaal taalde ze niet naar zoetigheid, maar alles was dus niet meer normaal. Nee, alles was anders, mooier.

'Ik moet nu echt gaan.'

'Heb je een tas voor je surprise?'

'Ja.'

Esthers moeder voelde aan de ingepakte bal. 'Dat heb je mooi gedaan. Veel plezier straks.'

'Dank je wel, mam. Tot vanavond.'

'Denk je nog aan Lizzy?'

Esther knikte.

'Als je bij haar langsgaat, moet je eerst even Zonnedauw bellen, hè. Ja? Goed, ik ben vanavond wat later thuis, een uur of zeven. Denk je aan...'

'Ja, mam, ik moet nu écht weg!'

Esther trok haar bodywarmer aan, stopte het suikerhart in haar zak en sloeg de deur achter zich dicht. Met een grote glimlach op haar gezicht rende ze het trappenhuis in.

Tap, tap, tap...

Tap, tap, tap...

Liefje. Ik ben zijn liefje. En ik ruik naar sinaasappel en rozen. Zo zei hij het: sinaasappel en rozen.

Tap, tap, tap....

Zwaarden en een kroon. Zou hij blauw bloed hebben? Natuurlijk. Mijn liefje is van adel. Dat kun je toch wel zien!

Tap, tap, tap...

Gisteren kon ik mijn ogen niet van hem af houden. Hij lijkt wel een magneet. De anderen leken het door te hebben. Vandaag moet ik sterker zijn. Sterker. Bij de kapstokken schrok ik me een ongeluk toen hij plotseling opdook. Ik moet niet meer zo schrikken. Dat valt nogal op namelijk. Ik moet normaal doen.

Tap, tap, tap....

En niet meer nagelbijten. Niet bijten! Zeker niet waar hij bij is.

Tap, tap, tap...

Wat is hij slim! Hij had wéér alle antwoorden goed. Die jongen krijgt alleen maar tienen op zijn kerstrapport en van mij krijgt hij een hart! Mijn hart!

Tap, tap, tap...

Wat is hij grappig! In zijn geschiedenisboek gaf hij koningin Beatrix een snor, zo'n zwarte druipsnor. Geweldig!

Tap, tap, tap....

Tap, taaaap, taaaaaap, taaaaaap!

Esther zweefde de laatste traptreden af en trok de portiekdeur met kracht open. Buiten leken haar gympen de stoeptegels niet te raken, zo los was ze van alles. Nooit eerder in haar leven had Esther zo veel zin gehad om naar school te gaan.

Lekker zoenen

'Nou, het was een heel gedoe om bij je cadeautje te komen, Nico,' zei Edgar Steen. 'Ja, ga je handen maar even wassen. Goed, de volgende surprise. Als pakjespiet kies ik nu voor een wel héél klein pakje.'

De leraar bekeek het pakje van alle kanten. 'Ah, hier staat het. Dit is voor Carla. Kom maar voor de klas, meid.'

Carla Stottijn stapte uit haar bankje. Mounia en Esther zaten direct achter haar.

'Dat lullige pakje komt van Gabriël,' fluisterde Esther haar buurvrouw in het oor. 'Er zit niet eens een rijmpje bij. Nét goed!'

Maar daarin vergiste Esther zich. Onder drie lagen plakband zat een eveneens heel klein en strak opgevouwen papiertje.

'Het is niet makkelijk,' klaagde Carla. 'Ik kan er niet bij.'

'Laat mij je even helpen,' zei Steen. 'Kijk eens. Alsjeblieft!'

'Dank u wel.'

Carla ontvouwde het papiertje. In haar ogen verscheen een ondeugende twinkeling.

'Toe, Carla,' zei de leraar. 'Niet eerst zelf lezen. Kom op!'

En toen klonk de stem van Carla Stottijn in het doodstille klaslokaal.

Lieve Carla!

Carla kan lekker zoenen
Sint weet dat heel goed.
Hij...

'Aaaarghh!'
Mounia en Esther slaakten gezamenlijk een kreet. Beiden waren zo wit als de krijtjes bij het schoolbord.
'Wat is er?' vroeg Steen. 'Waarom zitten jullie erdoorheen te gillen?'
'Ni-niks,' stotterde Mounia. 'Er is niks.'
Esther was met stomheid geslagen. Haar tong zat muurvast. Het is niet waar! gilde een stem in haar hoofd. Het is een leugen!
Steen trok aan zijn keurig verzorgde sikje. 'Bah! Wat zijn jullie vervelend. Begin maar opnieuw, Carla. Toe maar!'
En weer kwamen de zinnetjes voorbij die Esther ijskoude rillingen bezorgden. Elk woord trof haar als een vuistslag in het gezicht. Eindelijk had Carla alle coupletten voorgelezen, keurig op toon en heel bedaard. Toen pakte

ze de surprise uit. Zelfs het geluid van scheurend cadeau-
papier ging Esther door merg en been. In het pakje zaten
twee haarbandjes om Carla's blonde haren in bedwang te
houden... én een ringetje van goud.

'Nou, nou,' zei Steen. 'Dit is een echte liefdesverklaring
van die goeie ouwe Sint. Wie had dat nou kunnen denken?'

Carla schoof weer in haar bank. Aan haar vinger glin-
sterde de ring. Ze draaide zich om naar Esther en Mounia.

'Kijk eens, Esther,' zei ze. 'Hier is mijn rijmpje. Kun je
het nog eens nalezen.'

Esther kon nog steeds niets zeggen. Haar ogen schoten
over het papier. Ze las het rijmpje en het was alsof ze vuur
inslikte. Ze las het nog eens. En nog eens. Maar het stond
er écht. Carla had geen woord verzonnen.

'Pas op! Niet verfrommelen!' Carla griste het Sinter-
klaasrijm uit Esthers verkrampte hand. 'Ik ga het inlijsten.
Dit komt boven mijn bed.'

Mounia's wangen trilden van verontwaardiging. 'Holy
shit, wat een rótstreek.'

'Hou je mond eens, toverkol,' siste Carla. 'Ik wil iets
zeggen tegen je vriendin.'

Carla keek Esther aan, terwijl ze een blonde lok om haar
vinger wond. 'Gabriël en ik hebben gezoend, getóng-
zoend,' fluisterde Carla. 'We hebben vette verkering!'

Geen spier vertrok in Esthers versteende gezicht.

'Dacht jij nou echt dat jíj iets met hem had? Met die

gekke zus van je en die jongensbenen?'

Esthers pijn werd verdreven door verbazing, nee, verbijstering. Waarom doet iemand zoiets? Moest ze niet... Ja, wat moest ze eigenlijk? Huilen? Gillen? Slaan? Stampvoeten als haar gekke zus? Weglopen? Haar hoofd leeg maken? Rustig door haar neus ademhalen? Ze staarde langs Carla naar de rug van Gabriël verderop in de klas: een rug om haar spikes in te zetten.

Donder op! leek de rug te zeggen. Je ruikt naar poep en voetschimmel!

Gabriël draaide zich niet om. Hij had zijn handen ontspannen op de tafel liggen. Het zwarte poloshirt zat hem perfect, alsof Gabriëls bovenlijf van marmer was. Het shirt leek op een gladde, zwarte huid.

'Goed, jongelui,' zei Steen. 'Nu het volgende cadeautje.' Hij graaide in de wasmand vol surprises. 'Aha, dit is voor Martin. Kom maar naar voren, jongen.'

Martin was de stilste jongen uit de klas. Meestal zat hij over een boek gebogen. Kletsen deed Martin niet. Als hem iets werd gevraagd, gaf hij altijd een kort antwoord. Nu kwam hij uit zijn bank, duidelijk gespannen. Uit zijn ooghoeken wierp hij een blik op de lijkbleke Esther. Een bezorgde blik.

'Carla Stottijn, draai je eens even om!'

Maar Carla draaide zich niet om. Ze blééf naar Esther kijken. Haar ogen schitterden achter haar zilveren brilletje. Haar zachte, blonde haren glansden van liefde. Ineens kon Esther het niet meer verdragen. Haar stem kwam terug.

'Ik ben ziek!' riep ze. 'Ziek!'

En ze sprintte de klas uit.

Verraad

Esther was wanhopig en woedend tegelijk. Nooit eerder had ze zich zo gevoeld. Zo voelde het kennelijk als je verraden werd. Nu kwam ook als een boemerang haar eigen verraad uit de donkere hoek van haar hart tevoorschijn. Met volle kracht werd Esther erdoor geraakt. Ze probeerde zich uit alle macht te beheersen, maar haar lichaam luisterde niet. Ze lag ruggelings op haar bed met trillende lippen en tranen die bléven stromen. Ineens moest ze overgeven. Ze sprong van het bed en rende naar de wasbak.

Ooeeuwg....

Terwijl brokken chocola en marsepein de wasbak in spoten, werd er op haar mobieltje een bericht ingesproken.

'Es, met Moun. Gaat het? Wat een klóótzak zeg! Hou je taai, hoor. Nou ja, ik bel zo nog wel een keer!'

Esther spoelde de viezigheid weg en strompelde terug naar haar bed, scheldend en kreunend. Nu pas trok ze haar trainingsjack en gympen uit. Ze smeet haar schoenen zo hard mogelijk op de grond.

Pats! Pats!

Een halfuur later klonk weer de stem van Mounia. 'Hoi Es! Je voetbal was een groot succes! Gaat het? Ik neem jouw surprise straks mee. Ik kom bij je langs!'

Esther was niet meer misselijk, maar ze had barstende hoofdpijn. Ze stond weer op van haar bed en opende het deurtje van de vitrine. Haar vingertoppen koesterden de grote gouden medaille. Wat later drukte ze hem tegen haar trillende lippen en hevig bonzende voorhoofd. Het bracht wel verkoeling, maar geen troost. Esther nam haar plakboek erbij. In dat boek had ze de krantenberichten geplakt die over haar waren verschenen. Ook stonden er veel foto's in en de rijtjes met haar persoonlijke records op de zestig, tachtig en honderd meter. Haar ogen scheerden langs de krantenkoppen.

ESTHER GOUDRIAAN WINT!

ESTHER GOUDRIAAN STER VAN DE ATLETIEKBAAN

ESTHER GOUDRIAAN NÓG SNELLER!

SPRINTKANON ESTHER GOUDRIAAN...

Ze legde het boek weg, want ze voelde zich er alleen maar slechter door. Ze ging weer op bed liggen en staarde naar de barsten in het plafond. Haar gedachten werden continu heen en weer geslingerd tussen Lizzy en Gabriël. 'Zus!' snikte Esther. 'Zus! Sorry!' Maar nog geen halve seconde later dacht ze voor de duizendste keer: waarom doet Gabriël dit? Is het door die nederlaag in Elswout? Had ik dan moeten verliezen? Zit míjn wil om te winnen zíjn liefde in de weg? Nee, natuurlijk niet. Hij is nooit verliefd op me geweest! Hij vindt me niet mooi. Hij vindt me niet leuk. Hij vindt me niet slim. Hij vindt me afschuwelijk omdat ik sneller ben dan hem. En juist voor hem heb ik Lizzy... O zus, sorry zus...

Zieng! Klap!

Esther hoorde de voordeur open- en dichtgaan. Wie was dat nou? Mounia? Onmogelijk! Die had geen sleutel. Kort daarop klonk het driftig tikken van hakken op het parket. Nee, het was haar moeder, maar dat kon toch niet? Die zou pas vanavond thuiskomen. Of was het iemand anders? Haar vader op pumps? Wie wás dat?

'Oewaah!'

Uit de woonkamer klonk een wanhoopskreet. Iemand schreeuwde het werkelijk uit. Esther sprong van haar bed en rende de huiskamer in. Aan tafel zat haar moeder met de handen voor haar ogen.

'Mama!'

Geschrokken keek haar moeder haar aan. 'Esther?'

Esther herkende die blik van vroeger. Toen was het de blik van een moeder die de ruzie met haar man niet meer geheim kon houden.

'Lieverd! Wat doe jij hier?'

Esther vleide zich in haar armen. 'Ik ben weggelopen van het Sinterklaasfeest.'

'Weggelopen? Waarom?'

Esther vertelde snikkend over Gabriël, maar niet over Lizzy. Dat kón ze gewoon niet. De schaamte was te groot. En waarom zou ze haar moeder nog meer pijn doen? Dit moest ab-so-luut geheim blijven!

'Zo gaat het soms met jongens, schat.' Haar moeder streelde zachtjes Esthers haar. 'Nu weet je dat die Gabriël een ellendeling is, iemand die meisjes het hoofd op hol brengt en ze dan kwetst. Iemand die spelletjes speelt. Aan hem hoef je geen aandacht meer te besteden. Richt je energie maar op leuke mensen.'

Esther genoot van de knuffel. De armen van haar moeder waren zacht en rond.

'En die Carla is een achterbakse rótmeid!'

De twee laatste woorden kwamen bij Esther hard aan. Ik ben nog erger, mama, dacht ze. Véél erger. Shit, ik moet het heel snel goedmaken met Lizzy. Maar hoe moet ik dat doen?

'Ik ben ook weggelopen, Esther.'

'O?'

Haar moeder lachte bitter. 'Ik had in het magazijn zo'n tweehonderd truitjes met Donald Duck uit de schappen gehaald en was het allemaal spuugzat. Weet je, ik kon die roteend wel vermoorden!' Ze knipperde met haar ogen, ogen vol onrust. 'Een collega en ik gingen daarom even naar buiten om een sigaretje te roken. Werden we bij de uitgang gefouilleerd! Alsof we die stomme kleren wilden stelen. Ik! Dat was zo... zo... belédigend. Ik ontplofte.

Nou ja... Nu ben ik hier.' Ze slaakte een diepe zucht.

'Ga je nog terug naar het magazijn?'

'Ja, kind. Ik moet toch de huur verdienen.'

Er viel een stilte. Moeder en dochter waren alleen met hun gedachten, maar beiden dachten aan hetzelfde.

'Ik maak me zorgen over Lizzy,' begon haar moeder. 'Ik zou het fijn vinden als je bij haar langsgaat. Je hebt toch een pop voor haar gekocht?'

Esther knikte. 'Ernie.'

'Ga alsjeblieft vandaag nog langs en speel een potje Memory met haar. Dat kan ze zo goed.'

'Is Oscar er?'

'Weet ik niet. Je moet sowieso eerst even bellen.'

'Oké.'

'Dan bel ik je school wel.' Ze keek Esther peilend aan. 'Denk je dat je morgen weer naar school kunt?'

Esther knikte.

'Wat ben je toch een dappere meid!' En haar moeder gaf Esther twee klapzoenen.

Tap, tap, tap...

Ik ga het goedmaken! Nee, ik móét het goedmaken!

Op de vijfde etage belde Esther met Mounia. Ze kreeg haar voicemail.

'Hoi Moun, met Es. Dank voor je telefoontjes. Je hoeft niet langs te komen, hoor. Ik ben nu naar mijn zus. Zie je snel!'

Twee etages lager belde Esther met Zonnedauw. Ze kreeg begeleidster Yvonne aan de lijn. Natuurlijk was Esther van harte welkom. Heel goed dat Esther kwam. Yvonne zou Lizzy alvast een seintje geven.

Tap, tap, tap...

Tap, tap, tap...

Daar was dan eindelijk de begane grond. Vanuit de portiek liep Esther de straat op. Daar voelde ze plotseling dat er iets in haar zak zat. Wat was dat nou? Het suikerhart! Háár hart. Haar gebróken hart!

'Die klootzak heeft nu geen macht meer over me,' prevelde Esther, terwijl ze haar fiets van het slot haalde. Zo praatte ze zichzelf moed in. Even later smeet ze vanaf haar fiets het snoepgoed met een daverende klap in een vuilnisbak.

Dood!

Ook op Zonnedauw had Sinterklaas zijn sporen nagelaten. In de gang lag nog hier en daar een pepernoot en op het pictobord stond het plaatje van een mijter en een staf. Rechtsboven op het bord stond een foto van Yvonne Smets. Esther klopte op de deur van de woonkamer. Er kwam geen reactie. Esther liep de kamer binnen. Daar was niemand. In de fruitschaal lag een aangebroken chocoladeletter en aan de muren hingen zwartepietenmaskers. Esther liep terug naar de gang.

'Yvonne?'

Uit de linnenkamer klonk een kreet. 'Joehoe! Ik kom!'

Even later troonde de begeleidster Esther mee naar het kantoortje dat schuin tegenover de huiskamer lag. Daar stak ze onmiddellijk van wal. 'Ik ben al zeker een halfuur in de linnenkamer bezig. We hebben een nieuwe hulp die steeklakens aanziet voor kophoeslakens en omgekeerd. Ze verwart ook nog eens de roze met de bruine waszakken en droogdoeken ziet ze aan voor sopdoeken.'

'Aha, maar hoe...'

'Onderbroeken wast ze op dertig graden en wat ze kookt is niet te eten. Zelfs Jan lust het niet. Nou, en dát zegt wat, hoor. Als je Jan een krant voorzet eet hij hem nog op, bij wijze van spreken dan, hè.'

Yvonne nam een adempauze.

'Hoe… hoe was Sinterklaas voor Lizzy?' vroeg Esther aarzelend.

'We hebben je zus op haar kamer gelaten. Daar heeft ze haar cadeautjes gehad. Wel zo rustig. Dat ging redelijk, maar andere dingen liepen minder. Eva hadden we als Pietje geschminkt en verkleed, maar dat doen we dus nooit meer. Toen zij zichzelf in de spiegel zag, begreep ze er niks meer van. Waar was Eva gebleven? "Ik snap het niet," zei ze steeds. "Ik snap het niet." Ze was echt in paniek.'

Yvonne had weer lucht nodig.

'Hoe is het met Lizzy?'

'Het lithium begint zijn werk te doen. Ze is rustiger. Wel is het jammer voor haar gebit. Twee van haar voortanden zijn al een beetje aangetast.'

'Wat? Hoezo?'

'Wist je dat niet? Je moeder zal het je toch wel verteld hebben?'

Esther begon te stotteren, want nu herinnerde ze zich plotseling haar moeders woorden. Waarom wist ze dat niet meer? Was ze dan blind én doof geweest? Ja, dat moest wel.

'Eh… ja, maar hoe kán dat dan?'

'Lithium heeft een negatief effect op de speekselklier. Dat verandert Lizzy's speeksel en maakt haar glazuur kwetsbaar. Treurig hoor. Ze heeft zulke mooie tanden.'

'Maar… maar waarom dan lithium?'

Yvonne keek Esther indringend aan, alsof ze heus wel wist dat Esther haar zus met verraderlijke woorden in het ongeluk had gestort.

'Dat is met je moeder besproken. Je zus was verschrikkelijk van de kaart. Ze zei en deed de gekste dingen. Lithium stabiliseert haar stemming.'

Esthers hart bonkte in haar keel. 'Lizzy. Is ze nu…'

'Ze zit nu in haar helikopter in de lucht. Ze is echt gek van dat liedje. Alleen zingt ze nu niet meer mee. Ze luistert alleen maar.'

Lizzy zingt niet meer, dacht Esther. Ze zingt niet meer!

'Trouwens, de technische dienst heeft vanmorgen beugels bij de douche bevestigd, speciaal voor haar, zodat ze zich kan vasthouden. Kun je misschien even doorgeven aan je moeder. Dat het is geregeld.'

'Ja,' stamelde Esther. 'Ja, dat zal ik doen.'

Tegenover de ingang van het kantoor was een van de toiletten. Ineens glipte Jan Oonk uit de wc tevoorschijn.

'Heb je doorgetrokken, Jan?' riep Yvonne vanuit haar kantoorstoel.

Jan schudde zijn hoofd.

'Doe dat dan!'

Jan trok door en sloot de deur

'Zit het dopje op de tandpasta?'

Jan knikte

'Weet je het zeker?'

De jongen schudde zijn hoofd.

'Ga dat dan maar even doen.'

Yvonne wendde zich tot Esther. 'Jan en Fons zijn de enigen die thuis zijn. De rest is nog bij de ouders. Ik zal even tegen Lizzy zeggen dat je er bent. Uiteraard weet ze dat je komt, maar het nog een keer aankondigen kan geen kwaad in haar huidige toestand.'

De begeleidster stond op uit haar stoel en liep heupwiegend de gang in.

Esther bleef achter op kantoor. Haar handen trilden. Toen viel haar blik op een opengeslagen boek op het bureau met de titel *De opvoeding van het geestelijk zwakke kind*. Ze pakte het op en zag dat enkele zinnetjes onderstreept waren. Esther las: 'In een wereld die vaak hard en onverschillig is, zullen ouders en eventuele broers en zussen voor dit kind in de bres moeten springen. Zij moeten kalm en beheerst blijven, wanneer sommige mensen hun blik afwenden, openlijk een soort beleefd medelijden tonen of ronduit vijandig reageren.'

Er liep een rilling over Esthers rug. Waarom lag dit boek hier? Toeval? Waarom waren deze regels onderstreept?

'Het geestelijk zwakke kind,' las ze verder, 'is bijzonder gevoelig. Wanneer het kind voelt dat men hem afwijst, niet van hem houdt, hem niet volledig aanvaardt, kan het kind extra dwars en koppig worden en sociaal volkomen ontsporen. Een verdrietige zaak voor het kind en anderen.'

Esthers keel voelde plotseling droog aan, terwijl haar ogen juist vol tranen liepen.

'Kom maar, hoor!'

Daar was Yvonne al weer.

'Kind, gaat het wel met je?'

'Ja... jazeker. Ik ben alleen een beetje verkouden.'

Yvonne liep zich op de stoel ploffen en pakte het boek. 'Dat is voor die nieuwe hulp. Hopelijk kan ze wel lézen.' Ze bladerde door de pagina's. 'Allemaal ouwe koek. Ach, ik zie dat je een cadeautje bij je hebt. Dat doet het altijd goed bij Lizzy.'

'Ja,' stamelde Esther. 'Nou, dan ga ik maar.'

Esther liep de gang in. Op weg naar Lizzy's kamer passeerde ze de kamer van Fons Kleipool. Zijn deur stond ruimhartig open en ze zag hoe hij, zittend op bed, heel intens een wc-rolletje kuste.

'Liefje,' mompelde Fons.

Esther kreeg een brok in haar keel. Gabriël! Hij had hetzelfde tegen haar gezegd, maar Fons méénde het. Voor de deur van haar zus moest ze echt op adem komen. Het was alsof ze een marathon achter de rug had. Esther hief haar hand op.

Klop! Klop! Klop!

Het getik op de deur was als Esthers hartslag, nerveus en snel. Ze opende de deur en zag Lizzy in haar stoel zitten. Haar zus probeerde haar horloge op te winden. Dat was nog nooit gelukt. Ook nu ging het niet. De poging had iets heldhaftigs en tragisch tegelijk.

'Dag, Lizzy.'

Er kwam geen reactie.

'Zal ik helpen?'

'Zelf doen!'

'Lizzy, ik…'

'Moei niet mee!'

'Lizzy, het spijt me zo. Je bent mijn zus. Voor altijd ben je mijn zus en ik hou van je.'

De woorden kwamen recht uit Esthers hart.

'Moei niet mee!'

Esther probeerde Lizzy met alle moed die in haar was te omhelzen, maar Lizzy weerde haar af.

'Kijk, ik heb een cadeautje voor je meegenomen.'

Uit Lizzy's mond kwam ontevreden gegrom. Toch pakte ze het cadeautje aan. Het pakpapier werd krachtig verscheurd.

'Vind je hem leuk?'

Geen antwoord.

'Vind je hem leuk, Lizzy?'

Plots smeet Lizzy de pop op de grond, stond op uit de stoel en ging met haar logge schoen boven op Ernie's olijke hoofd staan.

'Wat doe je nu? Doe niet!' riep Esther.

'Is dood!' schreeuwde Lizzy. 'Dood! Dood! Dood!'

Hard en onverschillig

Als verdoofd zat Esther op haar fiets. Haar bezoek aan Lizzy had nog geen vijf minuten geduurd. Yvonne was direct op het geschreeuw afgekomen en zij wist Lizzy te kalmeren, terwijl Esther de kamer was uit gevlucht. Op het kantoor had Yvonne haar later met vragen bestookt.

'Esther, is er soms meer gebeurd tijdens dat fietstochtje? Méér dan alleen die tik?'

'Nee.'

'O nee? Je wordt zo rood als een stoplicht. Ik...'

'Er is níks gebeurd!'

Na deze leugen was zelfs Yvonne haar spraakwater kwijt. Ze zweeg. De ogen van Esther zwenkten naar het boek op het bureaublad.

'Ik... ik...'

'Ja?' In de stem van Yvonne klonk hoop, hoop op een bekentenis. 'Ja, zeg het maar, Esther.'

'Ik... ik moet ervandoor.'

Shit, was Oscar er maar. Misschien moest ze Oscar bellen?

'Ben je wel eerlijk, lieve meid? Lizzy reageert zo heftig op je. Dat is niet normaal. Is er écht niet meer gebeurd?'

Esther schudde geërgerd haar hoofd. 'Nee! Dat... dat zei ik toch.'

'Meid, lucht je hart!'

Maar Esther kon het niet. Ze kon de waarheid gewoon niet over haar lippen krijgen.

'Ik moet nu gaan. Ik moet trainen.'

En ze liep hard weg uit Zonnedauw om haar emoties voor Yvonne en de rest van de wereld te verbergen.

De trappers gingen snel rond, net zo snel als Esthers gedachten. Moest zij de waarheid dan tóch aan haar moeder opbiechten? Het kón gewoon niet! Esther dacht aan haar vader. Hij had Lizzy een vergissing genoemd en nooit eerder had Esther haar moeder zo kwaad, verdrietig, wanhopig en gekwetst gezien. Het was angstaanjagend geweest. En dan nu Esther, haar jongste dochter die...

Wie is die gek?

De vraag van Gabriël Rex suisde door haar hoofd. Er is hier maar één gek en dat ben ik, dacht Esther. Ik! Ik! Ik!

Esther zag de tekst uit het boek van Yvonne weer voor haar ogen zweven. De wereld is hard en onverschillig. Ja, zij hoorde bij de harden en onverschilligen. Esther was hard en onverschillig geweest. Zij was niet voor Lizzy in de bres gesprongen, nee, zij had Lizzy in de afgrond geduwd. Hoe kon ze dit ooit nog goed maken? Hoe...

Ring, ring, ring...

Esthers mobiel ging. Ze keek op het schermpje. Roel

Bentz. Nee, daar had Esther nu geen zin in.

'Hallo, dame,' sprak de trainer in op haar voicemail. 'Kun je me snel terugbellen, alsjeblieft? Ik wil een afspraak maken voor een extra training. Ik hoor je.'

Esther trapte stevig door. Een extra training? dacht ze. Waarom? Waarvoor? Al die trainingen hebben toch geen zin meer. Het nationale juniorenkampioenschap wordt niks, want hoe moet ik me na dit alles concentreren? Wie kan me helpen? Anastacia met haar 'Paid My Dues'? Mounia met haar spirituele zotheid? Mama? Roel met zijn ademhalingsoefeningen en de onmogelijke opdracht om je hoofd leeg te maken? Nee, niemand kan me helpen!

Ring, ring, ring...

Weer wilde haar telefoon aandacht. Wat nu weer? Weer Roel? Op het schermpje verscheen Mounia's naam. Onmiddellijk stopte Esther, midden op het fietspad. Ze drukte het groene telefoontje in.

'Moun! Luister. Ik weet het niet meer. Ik...'

Ze stopte met praten. Een waterval van woorden stroomde haar oor in.

'Es! Kom dan naar mij toe. Hier kun je een tarotkaart trekken. Ik ben toch goed met kaarten? Ik wil je helpen.'

Esther slaakte een zucht. Een kaart trekken. Wat moest ze daar nu mee? 'Tja, Moun. Ik...'

'Je gelóóft toch wel in mijn talent?'

'Eh... jazeker, maar ik ben zo moe van alles.'

'Des te meer reden om snel te komen. Kom! Ik zet nu theewater op.'

Door de telefoon hoorde Esther het gesis van gas. Op de achtergrond zong iemand een liedje. Was dat Mounia's moeder? Of de radio? Dit wonderlijk mooie gezang trok Esther over de streep.

'Oké, Moun. Ik kom nu naar je toe.'

De kaart spreekt

Mounia nam een tweede biscuitje uit het pak dat op tafel lag. Esther nam nog een slokje thee. Zojuist had Esther verteld over het verdriet van Lizzy, maar weer durfde ze niet over de échte oorzaak te praten. Esther kon het niet over haar lippen krijgen, zelfs niet bij haar hartsvriendin. Mounia zat te knikken dat ze het allemaal begreep.

'Als... als je haar tanden ziet, Moun. Ik...' Esther vocht tegen haar tranen.

'Ja, ja, relax, Es. Rustig maar. Je moet eerst rustig worden.'

Mounia nam een derde biscuitje uit het pak. Esther schoof nerveus heen en weer op het bankje. Op tafel brandde een kaars. Naast de kaars lagen boeken met titels als *Aura's lezen voor beginners, Wat betekent uw droom?* en *Wonderen gebeuren!* Esther dacht weer aan Yvonnes boek, *De opvoeding van het geestelijk zwakke kind*. Als zus hoorde je voor zo'n kind altijd in de bres te springen. Ineens stroomden de tranen over haar wangen, onstuitbaar.

'Rustig, Es,' zei Mounia met zachte stem. 'Relax. Kom nou eens hier.' Ze greep haar vriendin stevig vast. 'Huil

maar eens goed uit. Ja, maak mijn truitje maar nat. Eerst
die klootzak en dan je zus. Ik begrijp het hélemaal, Sprint-
kanonnetje.'

Minutenlang hield Mounia Esther in haar armen. 'Gaat
het weer?'

'Ja,' snotterde Esther.

'Hier, neem nog wat thee en een biscuitje. Vooruit!'

Braaf knabbelde Esther aan het koekje.

'Goed zo. Dan pak ik nu de kaarten.'

Esther kende Mounia's kaartkunsten. Eerder hadden de
kaarten antwoord gegeven op de vraag waar Esthers vader
zich bevond. Volgens de 'Staven Aas' was Lucas Goudriaan gelukkig met een andere vrouw. Toen Esther dit aan
haar moeder vertelde, was het huis te klein. Esther had
haar moeder moeten beloven nooit meer aan die 'hocus
pocus' te doen, zoals Sybille Goudriaan het noemde. Maar
Esther was niet van plan zich aan die belofte te houden. Ze
kon de passie van haar beste vriendin toch niet verbieden?
En trouwens, het kon toch geen kwaad? Ze was nuchter
genoeg om kritisch te blijven.

'Goed, we doen het net als de vorige keer, Es. Oké?'

'Prima.'

Mounia legde de kaarten in de vorm van een waaier op
tafel. Uiteraard met de blinde kant naar boven gekeerd.
Esther wist nog precies hoe het moest. Ze zou haar vraag
hardop moeten stellen en vervolgens kwam het antwoord
van een van de kaarten. Deze kaart, beweerde Mounia,

zou zichzelf presenteren. Deze kaart zou warmte gaan uitstralen, aantrekkelijk worden, de kaart zou als het ware gaan neuriën en Esther een knipoog geven. Die kaart moest ze pakken met haar linkerhand.

'Als je de vraag stelt,' zei Mounia, 'moet je mooi rechtop staan.'

'Ja, ja,' zei Esther. 'Ik weet het nog.'

'Want de energie moet vrij baan krijgen.'

'Oké.'

Esther ging rechtop staan. 'Hoe kan ik Lizzy helpen?' vroeg ze met luide stem.

Daarna keek ze naar de ruggen van de kaarten. Net als de vorige keer zag Esther niets bijzonders aan de kaarten. Bij haar straalden de kaarten geen warmte uit, laat staan dat ze een knipoog gaven. Toch moest ze er eentje trekken.

'Deze!' zei ze.

Zonder de kaart te bekijken gaf ze hem aan Mounia.

'Aha!' zei haar vriendin meteen. 'De magiër. Die spreekt duidelijke taal. Het is glashelder.'

'O?' zei Esther, niet echt enthousiast.

Mounia liet haar de voorkant van de kaart zien. Er stond een afbeelding op van een vrouw met wel honderd felgekleurde armbanden om haar polsen.

'Je moet een armband voor Lizzy kopen.'

'Wát voor armband?'

'Ja, wat denk je? Eentje die haar weer gelukkig maakt

natuurlijk! Kom, we gaan gelijk kijken op de website van de New Age Cadeaushop.'

Mounia ging achter haar computer zitten en surfte naar de bedoelde website. 'Kijk,' zei ze even later. 'Wat denk je van een boeddhistische gebedsarmband. Hier, in Amerika zijn er 260 miljoen van verkocht. Richard Gere draagt er eentje, Anastacia ook, Ricky Martin, Oprah Winfrey... en Lizzy Goudriaan!'

'Tja,' zei Esther. 'Ik...'

'Of hier. Dit is nóg beter. Een geneeskrachtige hematiet-armband voor 17 euro 95. Geeft een goede doorbloe-ding, een rustige slaap en weerstand na emoties en trau-ma.'

'Dat klinkt goed,' beaamde Esther. 'Zoiets zou mis-schien...'

'Maar kijk hier eens. Dit armbandje met tijgeroog geeft zelfvertrouwen, helpt bij maag- en darmproblemen, astma en verkoudheid en weert negatieve energie. Vooral dat laatste is belangrijk, Es. Kost 19 euro 50. Ja, wel duurder, maar dan heb je ook wat.'

Esther wist het niet meer. Moest ze dit wel doen? Moest ze wel meegaan in Mounia's enthousiasme? Ze dacht aan het rijmpje van dichteres Eva Buss, wat toch ook niet echt een gouden tip was geweest. Heb lief. Ja, ja.

'Waar denk je aan, Es? Soms aan dat gedichtje over lef hebben?'

Verrast keek Esther haar vriendin aan. 'Ja, eerlijk gezegd wel.'

In Mounia's ogen verscheen een sombere blik. 'Ik moest er ook aan denken. Het is allemaal niet goed uitgepakt, Es, maar met kaarten is het anders. Dat kan ik wél!'

Er viel een stilte waarin Esther naar haar kapotte nagels staarde. Normaal gesproken is Lizzy dol op cadeautjes, dacht ze, en een armband heeft ze niet. Het is misschien tóch wel een goed idee.

'Oké,' besloot ze hardop. 'Ik koop een armband voor haar. Morgenavond is het koopavond. Dan ga ik naar die winkel. Ga je mee?'

Mounia schudde heel beslist haar hoofd. 'Beter van niet, Es. Met die geluksring ging het vermoedelijk ook zo vreselijk mis omdat ik dat ding zo'n beetje voor je uitkoos. Je moet het zélf doen.'

'O?'

In deze ene letter klonk heel veel twijfel door.

'Gelóóf me nou maar, Esther Goudriaan!'

'Ja, ja.'

'Ik heb hier trouwens je surprise nog staan.' Mounia wees op een vierkant pakje. Het rijm zat er slordig op geplakt. Het pakpapier was citroengeel.

'Ik ben nu niet in de stemming. Dat komt later wel.'

'Oké, Sprintkanon. Geen probleem.'

Esther keek Mounia aan. 'Soms wou ik dat ik écht een kanon was, Moun,' verzuchtte ze.

'Hoezo?'

Esther lachte treurige kuiltjes in haar wangen. 'Dan kon ik al mijn problemen aan flarden schieten!'

Een glimlachende medaille

De vlam van Esthers verliefdheid leek gedoofd. Voor Esther straalde Gabriël Rex geen licht meer uit, nee, hij hoorde niet meer bij haar toekomst en in de klas keek ze tegen zijn rug aan zoals ze ook naar het schoolbord keek: zonder ook maar iets te voelen. Esther was er zelf niet erg verbaasd over. Ze kende de oorzaak maar al te goed: haar pijn viel in het niet bij haar eigen verraad en de pijn van Lizzy.

Hoe moet het met Lizzy? dacht ze honderd keer per uur. Moet ik nou écht zo'n armband kopen? Moet ik in zo'n kaart geloven?

Mounia voelde wél van alles als ze Gabriël zag; vooral wraakzucht. Tijdens de les fluisterde ze Esther dingen in het oor als: 'Zullen we een haai in zijn zwembad loslaten, Es? Of honderd kwallen? Of zullen we dat stomme familiewapen 's nachts met verf besmeuren? Zullen we er een zwaard af rukken en daarmee zijn fietsbanden lekprikken? Of zullen we die kroon pikzwart verven?'

Esther luisterde maar half. Kon een armband wel de oplossing brengen? Dat moest dan wel een héél bijzondere armband zijn – en bijzondere armbanden waren duur. Hoeveel geld had ze nog? Maximaal dertig euro. Zou dat genoeg zijn? Vast niet. En wat dan? Geld van haar moeder lenen? Nee, dat kon echt niet. Op het schoolplein sprak Esther erover met Mounia. Ze stonden zo ver mogelijk bij de kakkers vandaan, het groepje rond Gabriël en Carla. De laatste droeg wéér nieuwe jeans, peperdure zwartblauwe.

'Vanavond ga je dus naar de New Age Cadeaushop?'

'Ja Moun, maar ik vraag me af of ik wel genoeg geld heb.'

'Hoeveel heb je?'

'Dertig euro.'

'O, dat is ruim voldoende. Die geneeskrachtige hematietarmband is nog geen achttien euro! En die boeddhistische gebedsarmband is nog een euro goedkoper.'

'Ja, maar werkt dat wel? Ik bedoel...'

Mounia zette grote ogen op. 'Natuurlijk werkt dat! Richard Gere heeft er ook eentje, Es! Richard Gére!'

'Ja, ja,' mompelde Esther. 'Ik weet het.'

Beide vriendinnen vielen stil. Mounia was duidelijk een beetje beledigd. Ze draaide verwoed aan haar wenkbrauwring. 'Trouwens,' zei ze ineens. 'Wat staat die Martin toch griezelig dicht bij ons. Volgens mij wil hij wat van je.'

'Of van jou?'

'Nee, hij wil iets van jou. In de klas zag ik hem ook al kijken. Volgens mij heeft hij een oogje op je.'

'Ach, schei uit!'

Esther keek naar Martin, die meestel een beetje gebogen over het schoolplein liep. De jongen stond op nog geen tien meter afstand. Hij moest hun gesprek gehoord hebben.

'Martin, kom maar hoor,' zei Mounia pesterig. 'We eten je niet op!'

Inderdaad kwam Martin een paar stappen dichterbij.

'Hoe... hoe is het, Esther?' vroeg hij.

'Prima! Hoezo?'

Martin kreeg een kleur als vuur en dit deed Esther goed. Eindelijk schoot het bloed eens een ander naar de wangen.

'Nou ja, dat gedoe met Gabriël en Carla. Ik hoorde...'

'Allemaal onzin!' onderbrak Mounia hem. 'Geloof die sukkels toch niet!'

'... en ik hoorde dus dat Gabriël jou heeft verslagen in een sprint, maar ik...'

In één klap hoorde Esther Martin niet meer. Ze was vuurrood geworden en in haar oren zoemden dit keer geen bijen, maar bloeddorstige muggen, miljarden muggen.

De smerige leugenaar! dacht ze. De goorlap! De stinkerd! Maar wat moet ik doen? Naar hem toe gaan en hem op zijn mooie hoofd slaan? Tegen iedereen op het schoolplein zeggen dat hij liegt? Dat ik hem ter plekke wéér aan gort zal sprinten? Dat ik hem twintig tegels voorsprong zal geven en dat hij dan nóg van me verliest? Nee, een sprintwedstrijd zal hij niet meer doen. Daar waagt hij zich niet meer aan, nooit meer. En als ik hem aanval, begint hij misschien wel over Lizzy, dat ik me voor haar schaamde, dat ik over haar loog! Misschien vertelt hij dat óók al rond! Stel dat mama het hoort! Jezus!

Esther keek snel naar de tegels, want in haar ogen glansden tranen. Hou je in, dacht ze. Hou je nou eens in!

'Maar wat wil je nou eigenlijk, Martin?' vroeg Mounia.

'Nou... nou,' hakkelde de jongen.

'Ja?'

Hij richtte zich tot Esther, die zichzelf weer een beetje onder controle had. 'Je surprise. Wat vond je van je surprise?'

Esther tuurde over Martins schouder naar Gabriël en Carla. 'Heb ik nog niet opengemaakt. Hoezo?'

'Nou ja... laat maar,' verzuchtte Martin. En hij liep weg.

'Jeetje, Es,' jubelde Mounia zachtjes. 'Dit lijkt me échte liefde. Wat zou Martin in dat pakje gedaan hebben?'

Esther schudde haar hoofd.

'Ook een ring?'

'Hou op, Moun! Ik wil het niet weten!'

'Oké, relax Es. Het was maar een grapje. Maar hoe zit het met die sprint? Je had toch van hem gewonnen?'

'Natúúrlijk! Verdorie, twijfel je daar soms aan?'

Esthers toon was zo heftig dat Mounia een beetje ineenkromp. 'Nee, nee. Rustig, Es. Relax! Ik geloof je.' Ze richtte haar blik op Gabriël. 'Maar hij vertelt nu dus rond dat hij van je gewonnen heeft. Wat een *asshole*!'

Om vier uur 's middags belde Roel Bentz naar Esther. Waarom belde ze niet terug over die extra training? Esther zei dat ze het vergeten was.

'O,' bromde Roel. 'Nou ja, ik wil maar zeggen: je moet pieken op het NK en daarom wil ik dat je de komende dagen extra oefeningen doet.'

'Oké.'

'Je klinkt niet erg enthousiast. Ik hoor aan je stem dat er iets is. Wat is er?'

Esther deed razendsnel alsof ze vrolijk was. 'Niks hoor, Roel. Alles is prima. Echt waar.'

'Mooi, luister!'

Roel wilde met Esther om halfzes naar het strand van Bloemendaal aan Zee. De trainer zou een gewichtsvest voor haar meenemen: een vest dat verzwaard kan worden met gewichtszakjes.

'Lekker een halfuurtje door het zand ploegen, dame. Met twee kilo extra aan je lijf tien sprints van dertig meter maken. Meer niet.'

Esther vond zo'n extra training helemaal niet erg, maar ze zag er wel tegen op om Roel te zien. Haar trainer was een man die dwárs door haar heen keek. Hij zou onmiddellijk merken dat er wel degelijk iets aan de hand was en dan zouden de vragen komen. Pijnlijke vragen waarop ze geen antwoord wilde geven.

'Eh, Roel, misschien kan ik beter alleen gaan.'

'Hoezo? Is er tóch iets?'

'Nee... ik... ik train vandaag gewoon liever alleen.'

'Ach zo?'

Ineens klonk de lach van Roel in Esthers oor. 'Aha, ik snap het al. Uitwaaien op het strand met een mij onbekende jongeman. Lekker samen rennen. Heel goed, Esther. Ik ben blij voor je. Haal je dan het vest op bij de club? Ik leg hem voor je klaar.'

'Oké.'

'Enne...'

'Ja?'

'Moet ik er voor hém ook eentje klaarleggen? Ha, ha, ha...'

Anderhalf uur later zette Esther haar fiets tegen het prikkeldraad. Het fietstochtje naar Bloemendaal aan Zee was behoorlijk pittig geweest, vooral door het vest. Dit vest had een klittenbandsluiting aan de voorkant en naast de sluiting zaten twee diepe borstzakken. Daar waren de gewichtszakjes in geschoven, elk één kilo zwaar. Esther voelde zich in het vest als een ridder in een harnas. Op het strand zocht ze even later ook nog eens het mulle zand op, wat natuurlijk extra moeilijk liep. Voor zee en duinen had Esther amper oog. Ze probeerde zich totaal op haar looptechniek en ademhaling te richten. Dat lukte redelijk, totdat ze een verliefd stelletje opmerkte. Toen werd haar tred woest als het zeewater. 'Zak!' riep ze halfluid. 'Grote zak! Leugenaar! Gore leugenaar!'

Bij elke sprint telde Esther haar passen en met elke tel werd ze bozer. Boos op Gabriël. Boos op Carla. Maar vooral boos op zichzelf. Ze knalde over het strand, soms nog sneller dan de meeuwen in de lucht. Shit, rustig aan, dacht Esther. Straks blesseer ik me nog. Maar ze deed niet rustig. Dat ging niet. De woede was te groot. Het zand stoof langs haar oren en zijzelf stoof langs het zand. Haar lippen begonnen te trillen en voor haar ogen verschenen zwarte vlekken. Haar steeds zwaardere stappen dreunden in haar oren. Ook Esthers spieren kwamen in opstand. Esther naderde duidelijk de pijngrens, maar ze liep door, beulde zichzelf af. De pijngrens was nu ruim gepasseerd, toch liep Esther nóg harder. Haar voetafdrukken werden steeds dieper, omdat ze puur op kracht liep, sterker nog, op haar laatste krachten. Haar sportschoenen zakten weg in het zand. Soms leek het wel alsof ze in drijfzand terecht was gekomen. 'Finish!' kreunde ze. 'Finish!'

Esther verdubbelde haar inzet. Ze wist het tempo nog iets op te schroeven, maar haar knieën wilden niet meer zo goed meekomen. Haar enkels trouwens ook niet. Ze voelde brand ontstaan in haar knieën, enkels, heupen en rug. Shit, ging daar iets kapot? De zwarte vlekken voor haar ogen werden groen, paars en toen rood. Plotseling hoorde ze stemmen, de stemmen van een menigte, van publiek. Ze hoorde geroep, gefluit, applaus en gelach. Esther voelde zichzelf zweven, golven en beven. Was ze al op het NK? Liep ze in het grote stadion? Hijgde Kim Zwart daar in haar nek? Dan moest ze versnellen. Snelle benen. Snellere benen! Ze voelde iets in haar rug prikken. Was dat een tv-camera? 'Finish!' steunde ze met haar laatste krachten. 'O, finish! Alsjeblieft!'

Na twintig sprints in het loodzware vest zat Esther gehurkt in het zand. Bekaf. Kapot. Leeg. Helemaal op. De zon begon aan een langzame afdaling naar de horizon en was zoals altijd op haar mooist vlak boven zee. De hemel kreeg alle kleuren van de regenboog en zonnestralen daalden als zoete regen op Esther neer. Langzaam kwam ze weer bij zinnen. Er wás geen publiek, nee, ze was de enige op het strand. Nu pas zag Esther de vurige bol aan de zo rijk gekleurde hemel.

'Mooi,' zei ze hardop. 'Heel mooi.' In haar stem klonk ontroering, maar ook verbazing, want de zon was net een glimlachende medaille.

Bloedstenen

In de New Age Cadeaushop voelde Esther zich niet thuis. Het was er druk en rumoerig en aan de rij voor de kassa leek geen eind te komen. Toch wrong Esther zich langs de mensenmeute en algauw zag ze in een enorme vitrine zeker een stuk of twintig hematietarmbanden liggen. Welke moest ze kopen? Ze had geen flauw idee. Het hematiet was bruinrood gekleurd en had een metaalachtige glans. Het leek eigenlijk meer op metaal dan op steen. In de vitrine lag ook een kaartje met informatie. Esther las:

Symbool:	**bescherming en kracht**
Sterrenbeeld:	**Ram, Schorpioen**
Planeet:	**Mars**
Element:	**vuur en water**
Toepassingen:	**spataderen, blaren, abcessen, bloedarmoede, aambeien, vermoeidheid, depressies, wisselende stemmingen, hartkloppingen, kuitkramp**

Hematietbollen worden ook gebruikt als kristallen bol om de toekomst te zien.

Lizzy was een Schorpioen. Dat klopte, maar de toekomst zien in een kristallen bol? Esther was bereid in veel dingen te geloven, maar dit was natuurlijk onzin.

Wat doe ik hier? dacht ze.

Goed, de tarotkaart had haar hier gebracht. Of nee, in feite had Mounia haar hier gebracht. Dit was immers de winkel van háár keuze. Misschien lag die reddende armband wel te wachten in een heel andere winkel in een heel andere stad in een heel ander land. Nee, dit voelde niet goed. Wegwezen! Ze was al op weg naar de uitgang toen haar oog viel op een klein glazen kastje. Hier lagen armbanden van hematietsteen met rode, grillige vlekjes. Meteen moest Esther aan het bloed uit Lizzy's hand denken. Met een schok stond ze stil. Ook in deze vitrine lag een kaartje. Er stond:

Sommige hematietstenen hebben rode vlekken. Dat rode betekent dat het een activerende en krachtgevende steen is, maar zonder het gevaarlijke aspect van helderrode stenen als granaat en robijn. Deze stenen zijn dus veiliger toe te passen. Deze zogeheten bloedstenen verhogen de hersenfunctie door verbetering van de bloeddoorstroming. Tevens zijn ze toepasbaar om groot verdriet te genezen.

De laatste twee zinnetjes deden Esther trillen op haar benen. Dit moest het dan tóch zijn. Kon niet anders. Dit was wél de juiste winkel. Duur waren ze wel, 25 euro: dat was drie middagen folders rondbrengen. De keuze was hier gelukkig beperkter dan in de grote vitrine. In het kastje lagen slechts vijf armbanden. Welke zou ze kiezen? Moest...

'Kan ik misschien helpen?' De verkoopster had een scherpe stem, maar lieve ogen.

'Ja,' zei Esther. 'Ik wil graag zo'n armband.'

'Prima. Welke?'

Esther aarzelde.

'Voor wie is het?'

'Voor mijn zus.'

'Heeft ze net zulke slanke polsen als jij?'

'Eh... nee. De hare zijn nogal dik.'

De vrouw pakte een van de armbanden uit het kastje. 'Dit is de grootste. Als hij niet past, mag je hem ruilen. Moet je wel het bonnetje meenemen.'

Esther kreeg de armband in haar handen gedrukt. De stenen voelden glad aan. In de grootste, bijna zwarte steen zag ze een deel van haar gezicht.

'In de oudheid werden zulke stenen als spiegel gebruikt,' zei de verkoopster, die Esther in de steen zag staren.

'Aha.'

'Wat is er met je zus? Is ze ziek?'

Esther keek op van de glinsterende steen. 'Nee, maar ze is erg verdrietig. Door... door mij.' Er sloop een snik in haar stem. Die snik moest weg. Nu! 'Boos is ze ook. Erg boos.' Dat klonk al beter.

'Nou, zo'n mooie armband zal haar vast goeddoen.'

'Ja, dat denk ik wel. Ze is namelijk verstandelijk gehandicapt.'

'O?'

'Op het kaartje staat dat deze stenen goed zijn voor de doorbloeding van hersenen. Misschien kan ze wel een ietsje beter worden. Misschien...'

Esther zweeg prompt, want de vrouw had met een dramatisch gebaar de handen voor haar mond geslagen. 'O nee, meisje!' riep ze uit. 'Verstandelijk gehandicapten worden niet beter. Echt niet. Daar mag je niet op rekenen, hoor.'

De lieve ogen leken Esthers hart te doorboren. In dat hart begon iets te verschuiven. Ineens voelde ze ook de vermoeidheid in haar benen. 'Dat... dat weet ik wel, maar...'

Verder kwam ze niet. De verkoopster pakte haar hand vast. 'Ik voel aan alles dat er meer aan de hand is tussen jou en je zus.'

Esther voelde zich rood worden, helderrood als een robijn.

'Heb ik het goed?'

Esther knikte.

'Kom maar.' Vastberaden pakte de verkoopster Esther de armband af en legde hem terug in het kastje.

'Zo!'

'Waarom doet u dat? Ik wil...'

De vrouw legde haar wijsvinger op haar roodgestifte lippen. 'Ssst, meisje, ik voel dat er in deze kwestie zwaardere middelen nodig zijn dan een armband van 25 euro.'

'U bedoelt medicijnen?' vroeg Esther bedremmeld.

'Nee, dat bedoel ik niet. Wacht hier even. Ik pak zijn kaartje. Het is hier in de stad, vlakbij.'

Ze beende naar de balie, waar de kassa heftig rinkelde. Esther had veel zin om te vertrekken uit deze winkel. Ze had ontzettend veel zin in een reuzensprint, een sprint om alles achter zich te laten. Om...

'Kijk eens, hier heb je z'n visitekaartje. Hij is echt gewéldig!' Plotseling drukte de vrouw Esther een zoen op haar wang. 'Succes!'

Esther frommelde het kaartje snel in haar zak en duwde opgelucht de winkeldeur open. Op straat haalde ze diep adem. Heerlijk, die frisse lucht. Heerlijk, die ruimte. Ze liep een paar winkelruiten lang op haar hakken om de stijfheid in haar kuiten te verdrijven. Nooit eerder had ze zulke heftige spierpijn gehad. Esther liep zo ontspannen mogelijk verder langs etalages die al vol hingen met kerstmannen, engelen en trompetten. Op de Botermarkt was een kerststal ingericht met een echte ezel.

Wat nu? dacht Esther. Moet ik Moun bellen om te vertellen dat het niet gelukt is?

Pas ter hoogte van drogist Van der Pigge diepte ze het

visitekaartje op uit haar zak. Esther las het opschrift. Er stond: SIMON HAANOORD. UW EDELSMID VOOR ÉCHT BIJZONDERE SIERADEN. ZOETESTRAAT 20. HAARLEM.

'Echt bijzondere sieraden,' mompelde Esther voor zich uit. 'Zwaardere middelen. Moet ik dan naar die Simon?'

Het ijzeren tijdperk

De deur werd geopend door een man in een lange, witte jas vol grijze en zwarte vlekken. De edelsmid had een bol, hoog voorhoofd, diepliggende ogen, smalle wangen en scherpe lijnen onder zijn ogen en langs zijn neus.

'Ja?' vroeg hij.

'Ik,' begon Esther. 'Ik wil...'

Verder kwam ze niet.

'Krijg nou wat!' riep de man verheugd uit. 'Een roze trainingsjack en mintgroene gympies. Mijn lievelings-kleuren! Hoe wist je dat? Wie heeft je dat verteld?'

Esther verslikte zich bijna van schrik. 'Nie-niemand.'

'Is het toeval?'

Esther knikte. De smid begon te grinniken. 'Ja, ja, toe-val maakt de dienst uit in ons leven. Kom binnen!'

Esther aarzelde. De ramen van het pand waren geblin-deerd en de deur had stevig op slot gezeten, zelfs met een extra ketting. Wat als deze man een tbs'er met proefverlof was, waar de kranten zo vol van stonden?

'Mooie ogen heb je, meisje. Ultramarijnblauw, als koper op de breuk.'

Esther bloosde. 'Dank u.'

Wat nu? dacht Esther. Wat moet ik doen?

'Kom je binnen?'

Toen nam ze een besluit en stapte de drempel over.

'Goed zo!' zei de man. 'Zo eng is dat toch niet?'

Met een klap sloeg de deur achter Esther dicht. Ze volgde de smid door een lange, onverlichte gang. Aan het eind ervan was een andere deur die hij met een zwierig gebaar openduwde.

'Welkom in het ijzeren tijdperk, meisje!'

In de enorme ruimte galmde zijn stem als een bronzen klok.

'Ik heet Esther.'

'Aha, welkom, Esther. Ik heet Simon. Zeg maar Siem.'

Achter de deur was een werkplaats waar het naar vuur en metaal rook. In de verste hoek herkende Esther een aambeeld, een zwaar blok ijzer dat met staal was bekleed. Achter een vonkenscherm lagen ijzeren staven in de vlammen van een haardvuur. Nu ontdekte Esther waar het woord 'witheet' vandaan komt. Boven een werkbank hingen minstens dertig verschillend gevormde hamers en hamertjes. Ook lagen er allerlei soorten zagen, vijlen, drilboren, kraspennen en tangen. In het midden van de ruimte stonden allerlei apparaten. De smid zag Esther naar een met fluweel beklede draaisteen kijken. 'Dat is om metaal te polijsten. Voel maar hoe zacht.'

Esther liep naar de machine en voelde aan het fluweel.

'En?'

'Heerlijk zacht.'

'Zo zacht als bladgoud, Esther.'

In open kasten van eikenhout stonden potten met zuren en zwavel en in letterbakken lagen blaadjes goud, klompjes zilver en strengen koper. Aan het plafond hingen gietijzeren lampen zo groot als karrenwielen. Op een houten tafel lagen kandelaars, bouten, schroeven, ringen, halskettingen en stukken schuurpapier.

'Let maar niet op de rommel,' zei Simon. 'Voor opruimen heb ik geen tijd gehad.'

In de werkplaats was hoog tegen het plafond maar één raam, dat geopend kon worden met een haak aan een stok. Ineens hoorde Esther een puffend geluid, alsof iemand aan het uitblazen was na een heftige inspanning. Ze schrok een beetje.

'Trek je niks aan van dat geblaas,' zei de smid grinnikend. 'Dat is geen boze kat, maar een zandblaasmachine. Loop maar even mee. Zie je hoe het werkt? Om het ijzer blank te maken blaast de machine er keihard zandkorrels tegenaan. Zo wordt het buitenste laagje aangetast en verwijderd en komt het witte ijzer tevoorschijn.'

De smid leidde Esther naar twee stoelen en een tafel, waarop een kan koffie en twee kopjes stonden.

'Lust je koffie?'

Esther schudde haar hoofd.

'Tja, ik heb hier niks anders. Ik krijg nooit jeugd op bezoek. Maar ga toch zitten. Ik neem aan dat je iets écht bijzonders wilt. Anders kwam je niet naar mij.'

Esther knikte. 'Ik wil graag een armband voor mijn zus.'

'Juist.'

De zeer lichte ogen van de smid namen haar nauwlettend op. 'Waarom wil je haar die armband geven?'

Deze vraag had Esther niet verwacht. 'Om... om iets goed te maken,' hakkelde ze.

'Aha,' zei de smid. 'Heb je enig idee wat voor materiaal je wilt? Heb je nagedacht over de vorm en de sluiting? Moet er een afbeelding op?'

'Eh, ik...' aarzelde Esther. 'Ik heb er nog niet zo diep over nagedacht.'

Simon pakte een schetsboekje uit de borstzak van zijn werkjas. Daarna toverde hij een potlood tevoorschijn. 'Oké. Eerst de praktische kant. De armband moet wel passen natuurlijk. Heb je de maat van haar pols?'

Esther schudde haar hoofd.

'Geeft niks. Je kunt de lengte berekenen door een reepje papier om de pols van je zus te vouwen. Een kier van drie centimeter is voldoende om de armband makkelijk om of af te kunnen doen.'

Esther knikte.

'Maar goed, nu de belangrijke zaken. Laten we samen hardop nadenken over die armband. Eerst wil ik van je weten wat jouw zus zielsgelukkig maakt.'

Simon hield zijn potlood in de aanslag. Op Esthers voorhoofd vormden zich denkrimpeltjes. Lizzy was dol op ijs en de verboden kattensnoepjes. Maar of ze daar zielsgelukkig van werd? Ineens wist ze het.

'Ze zingt graag.'

'Wát zingt ze graag?'

'Haar lievelingsliedje gaat over een helikopter.'

'Hoe gaat dat liedje?'

Esther begon de eerste regels van het versje op te lepelen, maar dit was niet naar de zin van de smid.

'Nee! Je moet het voor me zíngen. Zing, Esther, zing!'

Toen klonk Esthers aarzelende stem door de werkruimte.

'Helikopter, helikopter,
Mag ik met jou mee omhoog?
Hoog in de wolken wil ik wezen,
Hoog in de wolken wil ik zijn.
Helikopter, helikopter,
Vliegen is zo fijn!'

Na deze woorden viel er een bijna gewijde stilte, slechts doorbroken door het krassen van een potlood in de lange, krachtige vingers van de smid. Toen keek hij van zijn boekje op. 'Het wonder van de wolken, ja, dat is de ware grootsheid. De kracht van wolken is enorm, Esther. Ik kan er uren naar kijken.'

Had de smid nou iets in het boekje getekend of geschreven? Esther wist het niet.

'Je zus wil dus hoog in de wolken zijn. Hoe oud is ze?'

'Zestien, maar ze…'

'Mooi. Mooi zo.'

Op het gezicht van de smid verscheen een glimlach die hem jaren jonger maakte. Nu leek hij Esther een jaar of vijfentwintig. Op z'n hoogst.

'Maar ze is verstandelijk gehandicapt,' maakte Esther haar zin af.

'Juist.'

De smid keek Esther aan met een milde blik. 'Kan ze lezen?'

'Een beetje. Woorden als "zus", "mama", "lief", "stom". Die woorden herkent ze.'

Simon noteerde weer iets in zijn boekje.

'Waarom vraag je dat?'

'Dat hoor je later wel, Esther. Goed, jij wilt haar dus een armband geven om iets goed te maken.'

Esther knikte.

'Wát moet je precies goed maken?'

'Waarom wil je dat weten?'

'Is het zo erg?'

Esther zag voor haar geestesoog weer de totale verbijstering in Lizzy's ogen, het bloed dat uit haar hand liep. Ze voelde weer dat vormeloze, verdrietige, opstandige lijf, het lijf dat zich niet omhelzen liet door een verrader.

'Ik zeg het liever niet.'

'Ook goed, Esther, maar uit iets slechts kan ook iets

moois voortkomen. Dat is toch wat je wil?'

Simon gaf een knipoogje. Esthers hersens werkten op volle toeren. Wat was dit voor een man?

'Goed, ik heb al een beetje een idee.'

'Eh... Siem?'

'Ja?'

Esther voelde zich rood worden. 'Wat... wat gaat het ongeveer kosten? Ik heb niet zo veel geld.'

'Dat ligt eraan. Het idee héb ik dus al, dat scheelt. Nu nog het materiaal. Wil je een gouden laagje op de armband?'

Esther knikte.

'Ja, goud is natuurlijk het allermooist, maar ook het allerduurst. Nou, eens even denken, hoor. Ik ben er wel een tijdje zoet mee.'

Achter het hoge voorhoofd werd driftig gerekend. 'Nou... het zal ongeveer tweehonderd euro worden.'

Esther werd zo wit als het ijzer in het vuur. 'Tweehónderd?'

'Ja, dat is een koopje, hoor.'

'Ik... ik heb dertig. Meer niet. Echt niet.'

Siem Haanoord nam een slok van zijn koffie. 'Tja,' verzuchtte hij. 'Dat is heel weinig, Esther. Ik moet hier de boel wel draaiend zien te houden. Ik kan geen goud uit koper slaan!'

'Sorry... eh... Siem... En zilver?'

'Dat scheelt niet zoveel in prijs, hoor. En dan wordt het een stuk minder mooi.'

Esther stond op van haar stoel. Oei, wat waren haar heupen stijf! 'Nou, dan ga…'

'Niet zo snel,' onderbrak de smid haar. 'Ik heb al heel wat ringen, vingerhoeden, kettingen en medaillons omgesmolten tot nieuwe sieraden. Misschien is dat een oplossing?'

Esther ging weer zitten.

'Ik zie geen ringen aan je vingers en geen hangers in je oren. Maar misschien heb je thuis wel een doos vol juwelen? Misschien iets geërfd van je oma?'

Esther schudde haar hoofd. 'Ik heb geen sieraden.'

'Jammer. Een Venetiaans collier zou je prachtig staan. Of pareloorbellen.'

De smid zette zijn kopje op de tafel en klapte zijn boekje dicht. 'Goed, je hebt niets. Dan zijn we snel klaar.'

Simon stond op van zijn stoel. Hij frunnikte wat aan het harde zilversoldeer op zijn jas. 'Ik zal je uitlaten.'

'Nee,' zei Esther toen. 'Nee, Siem. Ik heb thuis wél iets.'

'O? Wat dan?'

Esther staarde naar haar handen. Ze dacht aan Mounia. Ze zag heel duidelijk de vork in haar levenslijn. Erop of eronder, hier was inderdaad geen tussenweg. Je zegt het of je zegt het niet. Nú moest het!

'Ik… ik heb medailles.'

Ineens stuiterde dit zinnetje van haar lippen.

'Wát voor medailles?'

De smid keek haar aan. Esther keek terug. Op de bleke huid van Siems voorhoofd lag een zilveren glans.

'Atletiekmedailles,' zei ze toen. 'Ik ben een sprintster.'

Even later stond Esther op straat tussen honderden winkelende mensen. Ze was verdrietig en verward tegelijk. Het was kraakhelder weer, maar Esther voelde zich alsof ze in een dikke mist wandelde.

'Hé, kijk eens uit!'

Bijna was ze tegen een man op gebotst. Diens kreet drong niet echt tot Esther door, want in haar oren daverden nog altijd de laatste woorden van de smid na.

'Breng me die grote gouden medaille, Esther! Breng me die állermooiste!'

Oliedomme Esther

Esther sneed het randje vet van haar vlees. Met haar vork duwde ze het naar de rand van haar bord. Haar moeder keek peinzend toe. 'Misschien moet je Lizzy een tijdje niet zien?' zei ze. 'Gewoon een maand geen contact, zelfs niet over de telefoon. Zoiets stelde Yvonne voor. Wat denk je?'

Esther haalde haar schouders op.

'Misschien is dat ook beter voor jou.'

'Ja,' mompelde Esther.

'Dan kun je je helemaal richten op het Nederlands Kampioenschap. Roel belde trouwens nog. Hij vroeg of je hem wilde terugbellen.'

'Ja,' zei Esther.

'Roel ziet je alweer op het podium staan met een medaille om je nek.'

Een rilling ging over Esthers rug. Ze dacht aan de woorden van haar trainer. De records leen je, had hij gezegd, maar de medailles hou je voor altijd, of je moet doping gebruiken zoals die oliedomme Marion Jones deed. Ja, of je moet naar Siem de edelsmid luisteren en je allermooiste medaille in het vuur gooien! Ze zag al voor zich hoe de smid met een hamer op haar gloeiend hete medaille sloeg zodat de vonken eraf spatten.

Oliedomme Esther Goudriaan.

'Wat is er, kind? Je zit te rillen. Heb je het koud? Nee? Komt het door die Gabriël en Carla? Wil je daarover praten?'

Esther schudde haar hoofd. Hoe was het toch mogelijk? dacht ze. In nog geen seconde was ze stapelverliefd op Gabriël geworden, maar nu voelde ze alleen nog maar woede. Ook dat was in een flits gegaan.

'Je moet het niet opkroppen, hoor. Wil je nog een aardappel?'

'Nee, dank je.'

Esther keek over haar bijna lege bord naar haar moeder, die een en al beheerstheid leek. Waar was haar verdriet? Waar was háár woede?

'Nog wat sla?'

'Ja, graag.'

Wat moest ze doen? Haar állermooiste medaille laten vernietigen. Haar glimlachende zon. Haar troost. Haar trots. Haar...

'Esther?'

'Ja.'

'Ik sprak Mounia's moeder in de supermarkt.'

De scherpe toon in de stem van Sybille Goudriaan maakte dat Esther op haar hoede was. De lippen van haar moeder hadden ook een pinnige vorm aangenomen. Waar hadden die twee het over gehad? Dat Mounia's lievelings-kleur op haar vierde al zwart was? Dat ze op haar tiende abonnee was van het *Spiritistisch Weekblad*? Dat ze al in de box magische krijtcirkels trok? Dat vierkant Uranus in tien stond?

'Kijk me eens aan.'

Esther keek in twee wantrouwige ogen.

'Volgens mij zijn jullie tóch weer bezig met die hocus pocus.'

Stilte.

'Mounia's moeder vindt het goed, sterker nog, ze is er trots op. Ze zegt dat het een gave is. Mounia zou het van haar oma hebben geërfd of zoiets.'

Stilte.

'Zeg eens wat!'

'We doen niks bijzonders,' perste Esther eruit. 'Niks bijzonders, mam.'

Haar moeder keek sceptisch. 'Luister, schat. In moeilijke tijden gaan veel mensen bij dat soort types te rade. Dat is heel menselijk. Je bent kwetsbaar en zoekt hulp. Ik heb zelf ook wel eens…'

Verrast keek Esther haar moeder aan.

'Ik… ik heb als jong meisje ook wel eens mijn hand laten lezen. Het is allemaal onzin.'

'Wat wilde jij dan weten, mam? Hoe…'

Haar moeder kapte Esther af. 'Luister naar me!' Om de mond van Sybille Goudriaan speelde nu een droevige,

zenuwachtige glimlach. Als een pistool wees haar rechter-
wijsvinger naar Esther. 'Ik heb twee taken in het leven:
Lizzy wat gelukkiger maken en jou de mogelijkheid geven
om een kampioen te worden, want daar word jij gelukkig
van. Dáár leef ik voor.'

'Dat weet ik, mam.'

'Mooi zo. Daar past dus geen hocus pocus in, want daar
komt alleen maar ellende van, gróte ellende. Begrepen?'

Esther knikte.

'Goed zo. Nu heb ik zin in een toetje.'

Esther zat achter haar bureau. Moest ze haar vriendin bellen om te vragen wat ze moest doen? Moest Mounia haar
weer bij de hand nemen? Nee! Esther wilde nu zélf beslui-
ten. Ze wilde haar lot in eigen hand nemen, haar eigen
toekomst bepalen. Moest ze haar medaille nou afstaan, ja
of nee? Esther kwam er maar niet uit, zoals het haar ook
niet lukte om te stoppen met nagelbijten. Ze stond op van
haar stoel en ging voor haar vitrine staan.

'Wat zou jij doen?' vroeg ze aan de in goud gegraveerde
sprintster. 'Ja, jij daar, atlete! Wil je het vuur in?'

Het goud zweeg.

'Spreken is zilver,' mompelde Esther.

Maar wat was die Siem Haanoord eigenlijk voor een ke-
rel? Esther had zijn naam gegoogled, maar ze kon op in-
ternet niets vinden over deze goudsmid. Stel, hij smolt
Esthers medaille om tot een armband voor Lizzy. Zou

zo'n armband dan geneeskrachtig kunnen werken? Was zoiets mogelijk? Misschien wel, maar wát voor armband wilde die Siem eigenlijk maken? Waarom had ze bijvoorbeeld dat kleuterliedje moeten zingen? En stel je nu eens voor dat Lizzy ook op dit cadeau ging staan dansen, schreeuwend en brullend. Ja, stel dat Lizzy die armband helemaal niet wilde! Esther ging weer aan haar bureau zitten en spande haar kuitspieren krachtig aan. Ik moet me nu echt concentreren op het Nederlandse Kampioenschap, dacht ze. Anders wordt het helemaal níks.

Ze bladerde in haar agenda. Nog twaalf dagen. Dan was het achttien december. Ik heb nog tijd, dacht Esther. Het kán nog, maar mijn hoofd moet leeg zijn bij zo'n toprace. Anders ben ik kansloos, zeker tegen Kim Zwart. Niet meer denken aan die rotstreek van Gabriël is al bijna onmogelijk, laat staan aan...

Trrrr...

Een sms'je van Mounia.

Hoi Es. Armband gescoord?

Esther begon terug te typen.

Nee.

Waarom niet??????????

Moet nog ff over nadenken.

Bel je morgen!!!!!!!!

Oké. Slaap ze.

Om tien uur 's avonds kon Esther nog altijd de slaap niet vatten. Ze lag te draaien in haar bed. Dan had ze het weer warm, dan weer koud. Wéér moest ze naar de wc. Toen ze op de gang liep hoorde ze iemand praten. Het was haar moeder in de woonkamer. Aan de telefoon. Esther bleef luisteren.

'Ze is hopeloos over haar toeren, Jeanette. Het houdt maar niet op. Het diensthoofd heeft gisteren zelfs een verhuizing voorgesteld. Kun je nagaan. Weer helemaal opnieuw beginnen! Ja, het zou rampzalig zijn. Waarom verhuizen? Omdat de andere bewoners er zo onrustig van worden. Nee, ik weet ook niet wat ik ervan denken moet.'

Esthers hart bonkte in haar keel. Lizzy verhuizen?

'Ach meid, ik maak me zó'n zorgen dat het pijn doet, constant. Ik weet het niet meer…'

Esther liep door naar de wc. Op de ijskoude wc-bril nam ze een besluit. Terug op haar kamer opende ze het deurtje van de vitrine en pakte haar lieveling eruit.

Psychische vampier

'Hij is prachtig gemaakt, Esther.' De edelsmid draaide de gouden medaille tussen zijn vingers. 'Er zit spanning in, behéérste spanning.'

'Hoe bedoel je?'

'Het is gezang, maar ook stilte. Het is hard, maar ook zacht. Het is een wonder en tegelijk vanzelfsprekend. Dát bedoel ik.'

Esther staarde naar de medaille.

'Je hebt vast wel eens gehoord van de eeuwige strijd tussen de menselijke geest en dode stoffen als brons, goud en zilver. Welnu, dit is typisch een voorbeeld waar de menselijke geest gewonnen heeft.' Siem lachte. 'Hier is de kunstenaar als eerste door de finish gegaan.'

Esther keek van de medaille weg. 'Ik snap je niet zo goed.'

De smid wenkte haar dichterbij. 'Kom! Kijk eens hoe de tikjes van de hamer naast elkaar liggen, hoe ze het metaal een fraaie huid geven. Dat geeft een uitdrukking van leven. Deze medaille lééft! De kunstenaar heeft het dode goud tot leven gebracht.'

Siem keek Esther aan. 'Praat jij tegen door machines

gemaakte rotzooi?' De smid gaf zelf het antwoord. 'Nee, natuurlijk niet! Maar ik wil wedden dat je tegen deze medaille wél hebt gepraat.'

Esther zweeg, terwijl de edelsmid dromerig naar het eremetaal keek. 'De maker heeft zijn ziel in dit werk gelegd, het beste wat hij in zich had is in deze plak zichtbaar geworden.' Met zijn wijsvinger ging Simon langs de gravure: het puntneusje, de wespentaille, de gespierde benen, de spikes. 'Je lijkt erop,' mompelde de man. 'Verdomd, je lijkt erop. Misschien bén je het wel.'

Simon Haanoord draaide de gouden plak om. Hij las de ingegraveerde tekst op de achterkant hardop voor. 'Eerste plaats 100 meter sprint. N.H. Kampioenschap 2006.' Hij floot tussen zijn tanden. 'Goed gedaan, hoor. Je bent deze medaille waard.' Ineens keek de smid Esther scherp aan. 'Deze schoonheid, dit met liefde, kennis en toewijding gemaakte kunstwerkje, wil jij dus door mij laten omsmelten?'

Esther kromp ineen. 'Ja,' fluisterde ze.

In de heldere, lichte ogen leek een lampje te gaan branden. 'Goed zo! Je hebt de maten van de pols van je zus?'

Esther knikte. Oscar had het doorgegeven, zonder ook maar iets te vragen. De edelsmid pakte zijn potlood en notitieboekje. 'Eerst iets anders. Waarom ben je eigenlijk gaan hardlopen?'

Dit was vertrouwd terrein. Dit was haar al zo vaak gevraagd.

'Ik heb altijd van rennen gehouden,' antwoordde Esther. 'Je kunt het in je eentje doen en je kunt alle kanten op.'

'In je eentje alle kanten op,' herhaalde de smid. 'Ja, dat is waar. En wat is het zwaarste van een wedstrijd over honderd meter?'

Waarom wilde de smid dit eigenlijk weten? Hij leek wel een sportjournalist. Alleen schreef hij niks van haar antwoorden op.

'De tweede helft van de race, vooral als ik me niet kan ontspannen. Dan lijkt elke seconde een eeuwigheid te duren.'

'O?'

'En vlak voor de race ben ik altijd zenuwachtig. Mijn trainer noemt mij de meest nerveuze sprintster op aarde. Hij geeft me ademhalingsoefeningen. Ik moet rustig door mijn neus ademen en proberen om mijn hoofd leeg te maken.'

'Ach zo. En wat is het mooiste van de race?'

Meteen dacht Esther aan haar duel met Gabriël, de volmaakte race. Ze kreeg buikpijn als ze eraan dacht.

'Als alles lekker loopt. Dan heb je het gevoel dat je vliegt.'

'Net als je zus.'

'Huh?'

'In haar helikopter.'

'Ja, ja, zoiets.'

Toen pas vroeg hij naar Lizzy's polsmaat. De smid schreef de cijfers in zijn boekje.

'Ik heb voor jou sinaasappelsap in huis gehaald. Wil je er wat van?'

De smid schonk haar een koffiekopje sinaasappelsap in, want glazen had hij niet. Zelf nam hij koffie uit de kan.

'Je wilt er dus niet bij zijn als ik de armband maak? Dat kan wel, hoor.'

Esther schudde haar hoofd. 'Dat... dat doet te veel pijn.'

Ze keek naar de vuurgloed achter de ijzeren schermen. De vlammen waren hoog, stil en wit, kabbelend als water.

'Wat vind je van mijn idee?'

Esthers gezicht klaarde op. 'Heel mooi, maar...'

'Ja?'

'... zal het werken? Ik bedoel: zal het Lizzy helpen?'

'Aha, je zus heet Lizzy. Ook al zo'n mooie naam. Zal het Lizzy helpen? Luister, ik werk op dezelfde manier als de maker van jouw gouden medaille. Het beste wat ik in me heb, wordt zichtbaar in mijn sieraden, in mijn kunst, maar in dit geval komt er nog iets belangrijks bij. Jouw medaille. Ze krijgt ook jouw medaille!'

'Maar merkt ze dat? Vóélt ze dat?'

'Je brengt hiermee een offer, Esther. Juist verstandelijk gehandicapte mensen zijn daar gevoelig voor. Ze voelen erg sterk. Wist je dat niet?'

Esther kreeg een kleur. En of ze dat wist! Snel nam ze

een slok van het sinaasappelsap. Het smaakte naar koffie.

'Enne… magische krachten, Siem. Doe je daar nog aan?'

Na deze vraag dacht Esther meteen aan Mounia. Waarom had ze haar vriendin niet op de hoogte gebracht van haar plannen? Ze had vandaag uren naast haar in de schoolbank gezeten, maar er met geen woord over gerept. Ja, dat ze er nog eens over moest nadenken, over die armband.

'Prima, Es,' had Mounia gezegd. 'Ik moet je trouwens iets belangrijks vertellen, iets over Gabriël.'

Esther had een vermoeide zucht geslaakt. 'Goed, zeg het maar.'

'Ik heb de laatste tijd keihard gestudeerd op aura's lezen en ik merk dat het steeds beter gaat. Ik ben geen beginner meer, geen amateur.'

'Ja?'

'Nu zie ik dat Gabriël soms een raar licht uitstraalt, donkere vlekken en troebele kleuren. Er zit volgens mij een scheur in zijn aura, waaruit energie weglekt.'

'Ach gut,' zei Esther. 'Wie moet dat repareren?'

'Spot daar niet mee, Esther Goudriaan! Dat repareren doet hij namelijk zelf door levensenergie van anderen af te tappen en op te slurpen. We hebben hier te maken met een psychische vampier!'

'O?'

'Ik liep gisteren op het schoolplein vlak langs hem en voelde me ineens doodmoe.'

'Hij heeft je afgetapt?'

'Ik merk dat je me niet serieus neemt, maar het heeft allemaal te maken met de hogere vibratieniveaus, met licht, met fijnstoffelijke energie.'

'Oké, Moun.'

'Ik snap trouwens niet dat je zijn leugens pikt! Ondertussen gelooft de hele school dat hij van je gewonnen heeft. Wat is er met je aan de hand? Waarom zeg je niet hoe het écht is gegaan? Zo ken ik je helemaal niet. Waar is je felheid gebleven?'

Esther had moeten slikken. Er waren twee mensen op de wereld die wisten waarom ze zweeg: Gabriël en zijzelf.

'Ik vertel het je nog wel eens, Moun. Echt! Maar nu niet.'

Mounia had de rest van de lessen niks meer tegen haar gezegd.

'Magische krachten?' De edelsmid haalde zijn schouders op. 'Ach, daar weten we niets van. Ons brein is er te klein voor. Als het om dat soort dingen gaat, zijn we eigenlijk allemaal verstandelijk gehandicapt.'

Siem dronk zijn koffie in twee teugen op. Daarna wreef hij in zijn handen. 'Kom, ik ga aan de slag.'

'Wanneer is hij klaar?'

'Als ik vannacht doorwerk: morgen.' Toen keek de smid

Esther doordringend aan. 'Je weet het toch wel héél zeker, Esther?'

'Ja,' zei ze. 'Absoluut.'

Sprinten met Flo-Jo

Die middag keek Esther liever niet naar haar vitrine, want de verdwenen medaille liet een gat achter dat zó vreselijk diep was dat ze er bijna duizelig van werd. Esther voelde zich uitgeput en verdrietig, maar toch ook hoopvol. Nu zou het allemaal goed komen. Kon niet anders. Ze ging met haar kleren aan op bed liggen om haar ademhalings-oefeningen te doen. Ze ademde de zuurstof diep door haar neus in, zeker een liter of drie, en ademde met bolle wangen door haar mond uit. Vrijwel geruisloos verliet de zuurstof haar longen. Adem in, adem uit, dacht Esther. Adem in, adem uit, adem in, adem uit... En toen viel ze in een diepe, maar onrustige slaap.

Met het dichtvallen van haar ogen stond Esther ineens op het strand van Bloemendaal aan Zee. Tussen de wolken scheen een bronzen licht en de zee leek wel van vloeibaar zilver. Langs de vloedlijn zag Esther een sprintster op zich afkomen. Om haar hals bungelden de mooist denkbare ju-welen: drie gouden olympische medailles. De nagels van de sprintster waren zeker vijftien centimeter lang en goud gelakt en haar zwarte lokken dansten om haar zwarte schouders.

'Flo-Jo!' riep Esther uit. 'Daar gaat verdorie Flo-Jo!'

De Amerikaanse passeerde haar op volle snelheid. Esther bedacht zich geen seconde en sprintte achter de atlete aan. Precies op dat moment keek Florence om met een gezicht zo ontspannen alsof ze een wandeling in de duinen maakte. 'Kom op, Es!' riep ze. 'Sneller!'

Krijg nou wat, dacht Esther. Florence Griffith spreekt Nederlands!

Maar Esther kón niet sneller. Ze kon haar idool niet bijbenen, totdat er een klok aan de hemel verscheen waarvan de secondewijzer ineens met een dreun stilstond. Toen stond ook Florence stil, zo roerloos als haar standbeeld in het Amerikaanse stadje Mission Viejo. Esther liep naar haar toe.

'Dag, Es,' zei Florence. 'Je hield me goed bij.'

'Dag… eh… Flo-Jo.'

De zwarte atlete lachte haar tanden bloot. 'Jij verdient een medaille, Esther.' Daarop klemde Florence een van de gouden schijven tussen haar tanden en beet er een stuk uit, een forse punt.

'Kijk eens, voor jou.'

Esther pakte het stuk goud aan. Ze keek ernaar. Er stonden letters op, maar voordat ze iets kon lezen, sloeg er een vlam uit het goud zo hoog als de golven in zee.

'Au!' gilde Esther.

Het stuk medaille viel brandend in het zand. Esther knielde neer om nog wat goud te redden, maar er was niets meer van over. Er was alleen maar zand, zand en nog eens zand.

Esther ontwaakte met een kurkdroge mond. Haar moeder stond aan haar bed met een bezorgd gezicht. 'Ik hoorde je roepen, schat. Wat is er?'

Esther veegde haar tranen weg.

'Is het om die Gabriël?'

Esther schudde haar hoofd. 'Ik... ik droomde zo raar.'

Haar moeder ging op de rand van het bed zitten. Ze trok Esther naar zich toe en streelde zachtjes haar rug. Beiden zwegen en Esther hield haar moeder vast zoals een drenkeling een reddingsboei vasthoudt.

'Wil je wat eten, Esther? We hebben nog spaghetti over van gisteren. Of heb je daar geen trek in?'

Nog een beetje slaapdronken keek ze haar moeder aan. 'Ja... ja, dat is prima.'

'Eten is goed voor je. Zeg, wat droo...'

Sybille Goudriaan maakte haar zin niet af. Haar gezicht verstrakte. 'Esther, waar is je mooie medaille?'

Ook Esther keek nu naar de vitrine, naar de schrikbarend lege plek. 'Eh...'

O, wat was ze toch een stommeling! Natuurlijk zou haar moeder de verdwijning van haar medaille ontdekken. Wat nu? Nóg meer leugens? Had ze nou maar iets ingestudeerd. Of moest ze de waarheid zeggen? Jawel, Esther had de medaille naar een zekere Simon Haanoord gebracht, die haar liefste bezit zou omsmelten tot een armband voor Lizzy om alles goed te maken. O ja, dit alles gebeurde op advies van de magiër, een van Mounia's tarotkaarten. Krankzinnig! Knetter! Nu pas flitste er een gedachte door Esthers hoofd die haar bijna de adem benam: was Siem wel te vertrouwen? Was ze soms wéér naïef geweest, te goedgelovig, net als in het geval van Gabriël? Was ze wéér bedrogen?

'Kind! Waar is hij? Ik heb gehuild van geluk toen je hem won.'

'Ik... ik weet niet...'

'Wat weet je niet? Esther! Waar is je medaille gebleven? Ik wil het nú weten!'

Ineens schoot haar vanuit het niets het verlossende woord te binnen. 'Ik... ik heb hem naar een edelsmid gebracht. Hij bewerkt hem met puimpoeder zodat hij meer gaat glanzen, een tip van Roel.'

Haar moeder keek haar wantrouwig aan. 'Moest je daar zo lang over nadenken?'

Esther begon heftig te knikken. 'Ik kon niet op dat woord komen, puimpoeder. Ja, zo heet het. Grappig woord.'

'Ja, ja, dat zal wel. Goed, ik warm de saus vast op.'

De deur sloeg dicht. Naar de droom had haar moeder niet meer gevraagd.

Mijn hemel, dacht Esther. Ik moet die man kunnen vertrouwen, anders word ik gek! Dat moet! Ik móét hem kunnen vertrouwen.

Esther draait door

Na het avondeten belde Esther op haar kamer met Mounia. Ze was half in paniek.

'Doe nou eens rustig,' zei haar vriendin. 'Ik snap niks van je verhaal.'

'Rustig? Hoe kan ik nou rustig zijn? Ik ben mijn medaille kwijt! Voorgoed kwijt!'

'Maar die Simon maakt van je medaille toch een armband voor Lizzy?'

'Dat zégt hij, ja.'

'Je vertrouwt hem niet.'

'Eh... niet meer. Er kómt vast helemaal geen armband. Mijn medaille houdt hij natuurlijk zelf. Hij was er helemaal vol van. Hij is gek op dat ding. Ik wil...'

'Had dan ook die armband van Richard Gere gekocht. Waarom heb je dat niet gedaan? Het is verdorie zo simpel!'

'Ik weet het niet, Moun. Een verkoopster... zij... zij...'

'Wat zei ze?'

Esther viel stil.

'Wat zei ze nou? Of is dat óók al geheim? Je houdt dingen voor me achter, Es. Daar baal ik zo langzamerhand van.'

'Dat ís niet geheim! Ik zoek naar de juiste woorden. Ik...'

Verder kwam Esther niet.

'Vertrouw me nou eens een keer! Je traint drie uur per dag, Es, je slooft je vreselijk uit voor die stomme atletiek en voor mij heb je niet eens vijf minuten om te zeggen wat je écht dwarszit. Ben je nou mijn vriendin of niet?'

'Stomme atletiek?' Esther ontplofte. 'Dat... dat is mijn léven!'

'Precies! Misschien is dat wel het probleem.'

'Ik...'

'Jóúw probleem!'

Er viel een akelige stilte van zeker vier seconden, die ten slotte werd verbroken door Esther. 'Heb alsjeblieft nog wat geduld met me, Moun.'

'O?'

'Ja, ik hou inderdaad iets geheim, maar dat hou ik geheim voor de hele wereld omdat het zo verschrikkelijk is...'

Mounia schrok van de wanhoop in Esthers stem.

'Later... later zal ik...'

'Oké, Sprintkanon! Relax. Het komt allemaal goed.'

'Ik... ik weet het niet.'

'Jawel, het komt goed. Je had het over je gouden medaille.'

Esther balde haar handen tot vuisten. 'Ja, ik wil mijn medaille terug. Ik wil hem terug!'

'Ja, ja, ik hoor je wel. Rustig maar. Die Simon heeft

een atelier in de Zoetestraat. Dat heb ik goed begrepen, toch?'

Mounia sprak nu op de toon van een bezorgde moeder. 'Ja.'

'Goed, wat wil je dat ik doe?'

'Ik wil dat je met me naar de Zoetestraat gaat.'

'Nu?'

'Ja, nu meteen, anders word ik gek!'

'Maar heeft hij dan geen telefoon of e-mail?'

'Ook zoiets. Daar heb ik helemaal niet naar gevraagd! Ik heb wel zijn visitekaartje, maar daar staat geen telefoonnummer op.'

'Dat is verdacht,' constateerde Mounia, die nu als een detective klonk.

In Esthers keel welde een snik op. 'Sorry, Moun,' piepte ze. 'Ik had met jou moeten overleggen. Ik had... Nou ja, ik wilde het dit keer zelf doen, maar dat kan ik niet. Dat kán ik gewoon niet!'

'Ja, ja, rustig nou maar.'

'Kom je? Of mag je niet van je ouders?'

'Natuurlijk kom ik. Het is nu negen uur. Dat kan nog wel. Zullen we om halftien afspreken in de Zoetestraat?'

'Ja, dat is goed. Zijn atelier is vlak bij de moskee.'

'Zeker, ik ken die straat wel. Nou, doe rustig aan. Ik zal meteen je surprise meenemen.'

Esther reageerde als door een adder gebeten. 'Die hoef ik niet!'

'Oké, dan laat ik hem thuis. Ik zie je zo.'

Mounia verbrak de verbinding.

'Surprise!' brieste Esther. 'Ik heb schoon genoeg van verrassingen!'

In de Zoetestraat schemerde een groenig waas. Zeker driekwart van de straatlantaarns deed het niet en de bomen zagen er droevig en griezelig uit. Bij een van die bomen stond Esther op Mounia te wachten. Na het telefoongesprek was ze vrijwel meteen vertrokken.

'Waar ga je zo laat heen?' had haar moeder gevraagd.

'Een rondje fietsen. Het is zulk zacht weer.'

Haar moeder wendde haar gezicht niet van het televisiescherm af. Ze keek naar een romantische film met Julia Roberts en Richard Gere.

'Neem je mobiel mee, schat.'

'Natuurlijk.'

Nu stond Esther op tien meter afstand van de zwaar vergrendelde deur van het atelier. Waar bleef Mounia? In haar eentje durfde Esther niet aan te bellen. Ze wist wel precies wat ze tegen Siem zou zeggen. 'Ik wil mijn medaille terug! Nu!' Hij zou natuurlijk vragen waarom. En dan zou Esther met vaste stem zeggen dat ze spijt had. Daar kwam het op neer: spijt. Mounia zou rugdekking geven, Mounia zou als het moest samen met haar knokken tegen de edelsmid. Zo sterk was hij niet. Samen zouden ze gillen en krijsen als hij de medaille niet terug wilde geven. O, o, o, waarom had ze dit allemaal gedaan? Weer flitsten de woorden van Roel Bentz door haar hoofd: records leen je alleen maar, Esther, maar medailles kunnen ze je nooit meer afnemen.

'Hé, Es!'

Daar was Mounia op haar opoefiets. Op de bagagedrager zag Esther een in citroengeel papier verpakt pakketje. Had ze de surprise van Martin toch meegenomen!

'Daar ben ik dan.' Mounia zette op haar dooie akkertje haar fiets tegen een boom. 'Is dat het atelier?' Ze knikte naar de reusachtige zwarte deur.

'Ja,' zei Esther.

'Mooi.'

Zonder enige aarzeling liep Mounia naar de deur en drukte op de bel. Esther stond vlak achter haar. Ze spitste haar oren. Hoorde ze daar de voetstappen van de edelsmid, heel in de verte, helemaal achter in die lange gang?

'Hij is niet thuis.'

'De gang is heel lang,' zei Esther.

Er verstreek een minuut. Mounia drukte nog eens op de bel, hard en aanhoudend. 'Kom op, edele smid!' riep ze.

Maar er kwam niemand.

Boem!

Esther bonsde met haar vuist op de deur. 'Siem!' riep ze. 'Siem! Doe open!'

Er gebeurde niets, behalve dat bij de buren de gordijnen op een kiertje opengingen.

'Is er een achterdeur?' vroeg Mounia.

Esther haalde haar schouders op. 'Ik weet het niet. Er is wel een raam aan de achterkant. Dat weet ik zeker.'

'Kom, dan gaan we kijken.'

De vriendinnen zetten hun fietsen op slot en liepen naar het eind van de straat. Daar sloegen ze links af een nauw steegje in.

'Getsie, wat stinkt het hier naar pis!'

'Snel doorlopen, Moun. Verderop wordt het hopelijk minder.'

Wat later stonden ze aan de achterkant van het atelier. Achter het enige raam, vlak onder de dakgoot, brandde licht.

'De stinkerd is wél thuis!' zei Mounia.

Esther staarde naar het raam. 'Ja,' zei ze. 'Hij zal wel aan het werk zijn.'

'Of hij zet je medaille op Marktplaats.nl, Es. Kom, ik ben je trap.'

'Hoe bedoel je?'

Mounia ging met haar rug tegen de muur staan en maakte van haar beide handen een kommetje, een opstap voor Esther.

'Schiet op. Ik moet om tien uur thuis zijn.'

'Hou je dat?'

'Natuurlijk. Je weegt niks, jij bent een wandelend geraamte.'

'Weet je het zeker?'

'Jáha!'

'Ik zal op je schouders moeten gaan staan, Moun, anders kan ik niet door het raam kijken.'

'Geen probleem, Sprintkanon. Schiet op!'

Als ik val en me blesseer ben ik de klos, dacht Esther. Dan kan ik het Nederlands Kampioenschap wel vergeten.

'Kom dan!'

'Oké.'

Esther zette haar linkervoet in Mounia's handen.

'Schrik niet van wat je straks ziet, Es. Je kent die kris van ons, de familiekris?'

'Ja, hoezo?'

'Het lemmet van die dolk heeft een paar dagen in de hersens en ingewanden van schorpioenen en slangen gelegen, om kracht te krijgen. Ik weet niet wat die man met je medaille uitvreet, maar misschien wel net zoiets.'

Een kort moment huiverde Esther alsof ze koorts had. Toen zette ze haar beide handen op de schouders van haar vriendin en trok zich omhoog. Haar navel bevond zich nu ter hoogte van Mounia's gezicht.

'Hou je het?'

'Jáha.'

Esther zette voorzichtig haar rechtervoet op de linkerschouder van Mounia. Onder zich hoorde ze gekreun.

'Alles oké, Moun?'

'Ja,' steunde Mounia. 'Schiet op!'

Met haar handen plat tegen de bakstenen muur behield Esther haar evenwicht. Toen zette ze haar linkervoet op Mounia's rechterschouder en strekte zich volledig uit. Esthers hoofd bevond zich nu ter hoogte van het raam.

'Shit, ik kan niet naar beneden kijken.'

'Wat... wat bedoel je?'

'Ik zie alleen de tegenoverliggende muur. Ik kan niet in de werkplaats kijken.'

'Het is toch wel zwaar.'

'Hou vol! Ik trek me op aan het raamkozijn. Dat is breed zat.'

Esthers voeten kwamen los van Mounia's schouders. Met enige moeite kreeg ze haar linkerelleboog en onderarm op het naar voren stekende raamkozijn. Daarna volgde haar rechterarm. Ze klemde haar rechterhand om haar linkerpols. Haar voeten drukte ze uit alle macht tegen de muur. Zo hing ze daar als een vlieg aan de wand.

'Gaat-ie?'

'Ja.'

Langzaam gingen Esthers voeten omhoog langs de muur. Ze steunde nu zwaarder op haar rechterelleboog. Haar hoofd raakte nu bijna de bovenkant van het raamkozijn. Esther kreeg zicht op de werkvloer van Siem Haanoord.

'En?' fluisterde Mounia. 'Wat zie je?'

Esther gaf geen antwoord.

'Wat zie je, Es? Toe nou!'

Maar de sprintster zei niks.

'Wat dóét die vent? Tik op de ruit. Dan laat hij ons misschien binnen!'

Maar Esther tikte niet op de ruit.

'Es!'

Zwijgend liet Esther ineens haar ellebogen van het raamkozijn zakken. Even later hing ze languit, met haar gezicht naar de muur, aan het kozijn. Ze draaide haar hoofd om.

'Ga eens opzij, Moun,' zei ze heel rustig.

Daarna kwam Esther met een atletische sprong op beide voeten terecht. Toen pas zag Mounia de glimlach van haar vriendin. En ook een nieuwe blik in haar ogen, een heldere, vrolijke blik.

'Es! Wat zág je?'

'Ach, Moun, het is zo verschrikkelijk mooi!'

In de wolken

Nooit eerder was Esther zo zenuwachtig als op die ochtend van de achtste december. Oscar Landeweer praatte haar moed in. 'Jij brengt gewoon het ontbijt naar je zus en dan geef je het cadeautje. Zo simpel is het. Ze is dol op cadeautjes.'

'Ja, maar met die Ernie...'

'Dit is toch geen pop! Dit is iets ongelofelijks. Dit is héél iets anders, Esther. Ik heb nog nooit zo'n mooie armband gezien. Serieus!'

Terwijl Esther op de bank in de huiskamer zat, begon de begeleider fluitend het ontbijt voor Lizzy klaar te maken. Eerst nam hij een pak karnemelk en een plakje magere kaas uit de koelkast.

'Inderdaad mager,' zei Oscar, terwijl hij de kaas tegen het licht hield. 'Je kunt er verdorie bijna doorheen kijken!'

Esther kon er niet om lachen. Als verstijfd zat ze op de bank. Ze zag hoe de karnemelk zacht en traag in Lizzy's beker stroomde. Ze zag hoe Oscar het pak terugzette in de koelkast en er een kuipje pruimenmoes uit nam, een goudkleurig bakje met een strakgespannen deksel.

Ik wil weg, dacht Esther. Nu!

Maar ze bleef zitten. Oscar leegde het kuipje met een lepel in een glazen bakje op het aanrecht. Toen pakte hij uit een keukenkastje het roggebrood.

'Zie je het, Esther? Dat plakje kaas past precies op het plakje roggebrood. Dat noemen we zorg op maat.'

Esther glimlachte moeizaam. Onverstoorbaar pakte Oscar een bord en een bierglas. Het glas vulde hij met water. Uit de keukenla pakte hij een mes en een vork en zo stond alles gereed op het aanrecht, gerangschikt op een dienblad met afbeeldingen van Sneeuwwitje en de zeven dwergen.

'Zo!' zei Oscar. 'De medicijnen geef ik haar straks wel. Kom, leg je cadeau maar op het dienblad. Goed zo.'

Ik wil nu dat iemand mijn hand pakt, dacht Esther.

Oscar pakte haar hand. 'Toe maar, Koningin van de Sprint. Je kunt het! Het gaat goed!'

'Ja… ja,' hakkelde Esther.

Met het dienblad liep Esther de gang door. Boven haar hoofd was een plafond met scheuren en vochtvlekken. Esther passeerde de kamers van de andere bewoners. Hun namen stonden op de deur: EVA HASTER, NIKKI VAN DRUNEN, CHARLES MULDER, MARINUS VAN EE, FONS KLEIPOOL en JAN OONK. De kamer van Lizzy was aan het eind van de gang, vlak bij het groenverlichte symbool van de nooduitgang.

Ik wil wég door die nooduitgang, dacht Esther. Ik wil zó

hard rennen dat niemand me meer inhaalt, dat niemand bij me kan komen.

Maar ze liep niet naar de nooduitgang. Bij de deur van haar zus zette Esther het dienblad op de grond. Zo had ze haar handen vrij om aan te kloppen. Toch deed ze dat niet meteen. Esther staarde naar het cadeautje: het pakpapier was groen met roze, de favoriete kleuren van Siem de edelsmid. Toen haalde Esther diep adem en klopte aan. Vrijwel tegelijk duwde ze de deur van Lizzy's kamer open.

'Goeiemorgen, Lizzy. Heb je lekker geslapen?'

Als antwoord klonk een verrast gegrom. Klein en vierkant lag Lizzy onder haar dekbed met Bert en Ernie-motief.

'Zus?'

'Ja, ik ben het, Lizzy. Kijk eens, ik heb iets voor je meegebracht.'

Voordat Lizzy uit bed kon komen, duwde Esther haar het pakketje in handen, een tip van Oscar.

'Overdonder haar,' had hij gezegd. 'Geef haar geen tijd om boos te worden.'

Het werkte. Lizzy's blik gleed over het cadeautje. Met enige moeite pakte ze het uit. Daar was dan de armband! Stevig en breed, maar wonderlijk licht. In de gouden laag op het sieraad was een helikopter in de wolken gegraveerd. De helikopter had grote, vrolijke ogen en een lachende mond. De wolken waren afgebeeld zoals kinderen wolken tekenen, als grote bloemkolen. Dit schouwspel zat tussen twee woorden in geklemd. Boven de helikopter in de wolken stond in grote blokletters LIEVE. Eronder stond ZUS.

'Lieve zus,' las Lizzy.

'Ja, je bent mijn lieve zus,' zei Esther.

Toen brak er een enorme glimlach op Lizzy's gezicht door. Zij kwam uit bed en omhelsde haar zusje uit volle macht. Esther snikte het uit van de opgekropte spanning en opluchting.

'Zus lief,' troostte Lizzy. 'Lief!'

Esther deed Lizzy de armband om. Ze maakte zorgvuldig de twee veiligheidssluitingen vast. Daarna rende Lizzy de gang op.

'Os!' riep ze. 'Stomme Os. Kijken!'

In de huiskamer keek Lizzy de begeleider trots en vrolijk aan. 'Kijk!' Lizzy wees naar de armband. De helikopter lachte haar toe vanuit wolken van goud, hetzelfde goud dat Esther zo vaak gekust en getroost had, het goud dat hun moeder had doen huilen van geluk.

'Helikopter!'

Oscar sloeg zijn hand voor zijn mond. 'O, wat mooi!'

Lizzy wees naar Esther. 'Zus!'

'Ja,' zei Oscar. 'Liéve zus.'

Droomdochter

'Schat, wat stráál je!' riep Sybille Goudriaan uit. 'Ik heb bijna een zonnebril nodig om naar je te kunnen kijken. Wat is er?'

Esther pakte de handen van haar moeder. 'Ik ben naar Lizzy geweest...' Ineens straalde Esther niet meer; ze barstte in snikken uit.

'Kind, wat ís er?'

Esther haalde haar neus op. 'Alles... alles is weer goed,' hakkelde ze. 'Ik heb het goedgemaakt met Lizzy. Ik heb haar een armband gegeven.'

'O, daar wist ik niets van.'

'Die... die armband is gemaakt van mijn medaille, die mooie van goud.'

'Wat! Hoe bedoel je?'

'Hij... hij is omgesmolten.'

Esther zag de verwarring in de ogen van haar moeder groeien.

'Maar wát heb je dan goedgemaakt? Ik snap er niks van!'

Ja, wát moest Esther dan goedmaken? Ze dacht eerder dat ze nooit over haar verraad zou kunnen praten, dat haar lippen in dit geval van metaal waren, zoals de lippen van de sprintster op de gouden medaille. Maar ineens ging dan toch het slot van haar mond.

'Ik... ik heb tegen Gabriël ontkend dat Lizzy mijn zus is, mama.'

'O?'

'Waar ze... waar ze bij was, bij Kraantje Lek. Ze... ze hoorde het.'

Het was pijnlijk om deze woorden uit te spreken. Nu moest ze de rest van de woorden nog op een rijtje krijgen. In de juiste volgorde.

'Ik... ik schaamde me voor haar. Daa-daarom was Lizzy zo boos. En in de war.'

Esther kneep de vingers van haar moeder bijna tot moes. Er viel een afgronddiepe stilte in de flat. Zo stil was het nog nooit geweest.

'Haat je me nu, mam?' vroeg Esther bevend.

Er kwam geen antwoord. Wel drukte haar moeder Esther hard tegen zich aan, precies zoals Lizzy eerder die ochtend gedaan had.

'Mam?'

Maar haar moeder bleef stil.

Zég nou toch wat, mama, dacht Esther. Overlaad me desnoods met verwijten, scheld me uit, maar zég wat! Of sla me, sla me hard!

De stille seconden werden een minuut. Toen werd de omhelzing losser en keek haar moeder Esther diep in de ogen. 'Soms...' begon ze.

Esther kromp ineen van angst.

'Soms doe je nu eenmaal dingen die niet goed zijn uit te leggen, schat. Als je verliefd bent bijvoorbeeld.' Ze streelde Esthers haar. 'Ik haat je niet, hoor. Ik ben juist blij dat je me dit verteld hebt. Je bent en blijft mijn grote schat!'

Na deze woorden voelde Esther zich bevrijd. Het voelde alsof er een onzichtbaar gewichtsvest van haar schouders gleed.

'Dus nu is het weer goed tussen jou en Lizzy?'

Esther knikte driftig. 'Zeker weten.'

'Door die armband?'

'Het is een heel speciale armband, mama. Ik kan het niet uitleggen. Je moet hem zelf zien.'

Haar moeder lachte een vermoeid lachje. 'Aha, een heel speciale armband. Was dat soms een tip van Mounia?'

Esther bloosde als nooit tevoren. 'Het werkt, mam. Echt waar! Vraag maar aan Oscar. Bel hem maar!'

'Nee, nee.' Haar moeder schudde haar hoofd. 'Ik fiets wel even langs Zonnedauw. Ik wil het allemaal wel eens met eigen ogen zien.'

Haar moeder had de deur nog niet achter zich dichtgetrokken of Esther belde Mounia op. Ze was zo opgewonden dat ze twee keer een verkeerd knopje indrukte, maar toen was er dan toch verbinding.

'Es!' riep Mounia uit. 'Eindelijk bel je! Is het gelukt? Meid, ik heb peentjes gezweet. Ik heb een kaars voor je opgestoken en ik heb ook nog eens een kaart voor je getrokken, een heel goeie trouwens. Hoe is het met je zus?'

'Echt álles is goed gegaan, Moun!' verzuchtte Esther.

'Ja, ja, ik wist het! Het kón niet anders!'

'Ik vond het ook zo fijn dat je gister meeging om de armband op te halen.'

'Ik had het niet willen missen, Es. Die man is een kunstenaar! Dat zag ik aan de aura om zijn handen. Wát een energieveld! Hartstikke violet!'

'Ja,' zei Esther. 'Zeker, maar weet je, Moun, ik zal je nu het hele verhaal vertellen.'

En Esther vertelde Mounia uitgebreid over haar verraad en de reacties van haar moeder en zus.

'Jeetje Es, wat héftig!' mompelde Lizzy aan de andere kant van de lijn. 'Dit is *heavy shit.*'

Esther knikte driftig, maar dat zag Mounia natuurlijk niet. 'Sorry dat ik er niet met je over kon praten, Moun. Ik...'

'Ach, schei uit.'

'Ik voelde me vreselijk slecht. Ik was bang voor je reactie.'

'Begrijp ik toch.'

'Ik schaamde me te erg. Maar vanaf nu wil ik eerlijk tegen je zijn.'

'Fijn,' zei Mounia. Toen vervolgde ze op luchtige toon: 'En?'

'Eh... wat en?'

'Wat zit er nou in dat gele pakje? Wat heeft Martin je gegeven?'

'O, dat ligt nog op mijn kamer. Ik heb het nog niet uitgepakt.'

'Jeetje, Es! Doe het dan voor míjn plezier.'

Esther lachte. 'Ik heb er gewoon niet aan gedacht. Ik maak het straks open.'

'Bel je me dan meteen op?'

'Misschien,' plaagde Esther. 'O, daar is mijn moeder alweer. Die is naar Lizzy geweest. Spreek je later!'

Sybille Goudriaan kwam even later de kamer binnen gestormd en omhelsde Esther alsof ze een jaar vermist was geweest.

'Je bent een droomdochter!' riep ze uit. 'Wat fantastisch! En weet je wat het mooiste is?'

Esther kreeg geen tijd om over een antwoord na te denken.

'Lizzy is inderdaad tot rust gekomen,' ratelde haar moeder. 'Ze is uit de negatieve spiraal. Ze voelt zich top met die armband. Ze kan er minuten naar kijken, en ze zingt weer. Ze zíngt weer!'

'Fijn, mama.'

'Ja, maar het mooiste komt dus nog.'

'Wat dan?'

'Wat Oscar betreft gaan ze stoppen met lithium!'

'O, wat geweldig, mam.'

'Ik ga thee zetten. En ik heb gevulde speculaas gekocht!
Nog voor Sinterklaas.'

De gevulde speculaas smaakte heerlijk. Esther had het
laatste stuk net achter haar kiezen toen haar mobieltje
ging. Het was Roel.

'Hai, dame. Tel je de dagen al af?'

'Ja, Roel. En jij?'

'Natuurlijk! Je kunt Kim Zwart kloppen, Esther. Zeker
als je kalm blijft.'

'Dat weet ik.'

'Mooi! Zeg, ik heb een vraag.'

'Ja?'

'Zit je op je stoel? Niet? Ga dan maar even zitten. Zit je?
Mooi. Nou, ik werd gebeld door het *Jeugdjournaal*. Vind je
het leuk om vanavond na de training een interview te geven?'

'Op televisie? Gaaf!'

'Het is live, dus het is extra spannend.'

'Gaaf!' herhaalde Esther ademloos.

'En er is nog iets.'

'Ja?'

'Maar dat zeg ik niet.'

'Ach toe, Roel.'

'Beschouw het maar als een Sinterklaassurprise.'

'Oké,' zei Esther met een lach. 'Ik ben tegenwoordig
weer dol op verrassingen.'

Traag als karnemelk

Esthers natte haren waren keurig gekamd. Na een lichte training had ze gedoucht en nu stond ze naast de atletiekbaan tegenover een tv-verslaggever, een cameraman en een geluidsman. Even verderop stond Roel toe te kijken.

'Het is dus live, Esther,' zei de verslaggever. 'Over vier minuten precies beginnen we. Ben je er klaar voor?'

'Jazeker. Hoeveel mensen kijken er eigenlijk?'

'Gemiddeld ruim vierhonderdduizend kinderen, Esther.'

'Aha.'

Esther deed nog wat rekoefeningen en na precies vier minuten gaf de journalist de cameraman een seintje. Op de camera ging een rood lampje branden.

'Klaar? *Go!*'

De man schraapte zijn keel en brandde los. 'Jongens en meisjes, dames en heren, ik sta hier bij de Haarlemse atletiekclub Hermes met de veertienjarige sprintster Esther Goudriaan. Zij is een groot talent, dat tijdens de aanstaande NK voor junioren met de meisjes van zestien en zeventien meedoet. Esther is in deze categorie zelfs een grote kanshebber op de honderd meter, het koningsnummer van de atletiek.' De journalist keerde zich naar Esther.

'Esther,' vroeg hij. 'Hoe snel ben jij eigenlijk op de honderd meter?'

'Mijn persoonlijk record is 11,95 seconden.'

'Goeie genade. Dát is snel. Dat is... eh... dat is bijna acht meter per seconde. Toch?'

'Een dikke 8,3 meter per seconde,' zei Esther. 'Om precies te zijn.'

'Juist. Heb je nog een bepaalde tactiek voor de wedstrijd?'

'Nee,' zei Esther. 'Die heb je niet bij de sprint. Je moet gewoon zo snel mogelijk van de start naar de finish.'

'Aha, maar ben je dan niet bang voor een valse start, zoals je toen een tijdje terug in Deventer maakte?'

'Nee, ik weet nu precies wat ik moet doen.'

'En dat is?'

'Wat mijn trainer zegt: "Je mag pas weg bij de 'P' van 'pang.' Niet eerder."

De verslaggever moest hierom grinniken. Toen stelde hij een nieuwe vraag. 'Hoe laat ga je eigenlijk naar bed voor de wedstrijd?'

'Zoals altijd, om een uur of halfnegen.'

'Maar als je een feestje hebt?'

'Ook om halfnegen.'

'Oei! Is het niet saai om topsprintster te zijn?'

'Nee hoor,' zei Esther lachend. 'Het is juist spannend.'

Roel constateerde verheugd dat Esthers lach helder en zorgeloos klonk.

'Eet je bepaalde dingen niet?'

'Nooit hamburgers en patat en andere ongezonde dingen.'

'Dus jij hebt nog nooit een hamburger gegeten?'

'Klopt.'

De journalist greep naar zijn hoofd. 'Ai,' riep hij uit. 'Dat is niks voor mij.' Toen stelde de man een vraag over doping. Of dat bij de jeugd ook voorkwam?

'Natuurlijk!' zei Esther met een stalen gezicht.

Roel wilde al ingrijpen toen Esther vervolgde met: 'Ik luister voor elke sprint naar "Paid My Dues" van Anastacia. Dat nummer zweept me op. Zij is mijn muziekdoping!'

De trainer lachte opgelucht mee.

'Jij traint natuurlijk erg veel, Esther. Hoeveel meter sprint je per seizoen?'

'Eh... nou, ik loop ook veel trappen...'

'Pardon?'

'Ik woon in een flat op de achtste verdieping. Ik ren altijd de trappen op en af. Per seizoen ren ik dus duizenden treden op en af en volgens mij sprint ik ook wel een kilometer of twintig.'

De verslaggever floot bewonderend tussen zijn tanden. 'Goed,' zei hij toen. 'Je hebt succes en dat levert vaak jaloezie op. Heb je daar last van, bijvoorbeeld in de klas?'

Voor het eerst aarzelde Esther bij een antwoord. 'Eh...

nou,' zei ze. 'Dat valt wel mee, maar sommige jongens...'
Esther liet een veelbetekenende stilte vallen.

'Ja? Wat is er met die jongens?'

Ineens vielen in het hoofd van Esther alle puzzelstukjes
in elkaar. Ze had zo'n eurekagevoel: ineens was alles glashelder. Dit is mijn kans, dacht Esther. Nú moet ik het
doen! Nú!

In de zak van haar trainingsbroek zat de surprise van Roel,
een hippe mobiele telefoon waarop je ook filmpjes kon af-
spelen. Esther was er blij mee, totdat bleek dat er in deze
telefoon al een filmpje zat, een heel bijzonder filmpje.

'Een vriend belde me laatst op,' had Roel voor de training tegen Esther gezegd. 'Hij werkt in de bewaking en
had mooie filmopnamen voor me.'

'Wát voor filmopnamen?' vroeg Esther.

'Hij herkende je uit de krant, dame. Daarom nam hij
contact met me op.'

'Roel, waar héb je het over?'

De trainer had geglimlacht. 'Dit filmpje, dame, komt
uit een beveiligingscamera van het Grote Huis op het
landgoed Elswout. Weet je nu waar ik het over heb?'

'Ja, Esther?' vroeg de journalist nogmaals. 'Wat is er met
die jongens?'

'Nou, ik heb hier een filmpje in mijn mobiele telefoon
dat alles duidelijk maakt.'

'Duurt het lang?'

'Nee, het is heel kort.'

'Aha, laat maar even zien dan. We kijken graag mee.'

'Eigenlijk mag het niet,' had Roel nog gezegd. 'Die filmpjes in beveiligingscamera's moeten om de zoveel tijd gewist worden, maar deze beelden vond mijn vriend zó mooi. En ik ben het met hem eens. Vooral dat die jongen na zijn verlies jou een zoen geeft vind ik prachtig! Het is een leuk aandenken voor jullie twee. Toch?'

Esther pakte het mobieltje uit haar zak.

'Hou hem maar recht voor de camera,' zei de journalist. 'Kunnen we allemaal meekijken.'

Esther drukte twee knoppen op haar mobiel in en duwde het beeldschermpje bijna in de lens van de tv-camera. Het filmpje liep en honderdduizenden kijkers zagen hoe Esther op een veld vol sneeuwklokjes een zwaargebouwde jongen er finaal uit liep. Het filmpje duurde precies twintig seconden. Esther telde stilletjes tot zestien en zette de mobiel toen uit, want niemand hoefde die judaskus te zien. De adrenaline raasde door haar lichaam.

Shit! dacht Esther. Ik heb het gedúrfd! Ik heb het gewoon gedáán!

'Zo, zo,' reageerde de verslaggever. 'Maar wat...'

'Deze jongen,' onderbrak Esther hem, 'vertelt overal

rond dat hij me verslagen zou hebben. Gabriël Rex heet hij. Zo'n sneu type, je weet wel, heel erg dure schoenen, maar zo traag als karnemelk.'

'Verdorie, zeg,' zei de verslaggever grinnikend. 'Ik denk dat deze jongen zijn lesje nu wel geleerd heeft.' Hij keek even in zijn papieren en ondertussen maakte Roel wanhopige gebaren naar Esther dat hij er niks van begreep.

'Goed, dan komen we nu op de mentale kracht uit. Je bent topfit, Esther, maar in je hoofd moet ook alles in orde zijn. Straks moet je sprinten in een bomvol stadion. Dat wordt spannend. Hoe blijf je kalm? Hoe kun je je concentreren?'

'Dat is geheim!'

Weer klonk Esthers zorgeloze lach.

'Ach, toe. We zullen het niet verder vertellen.'

'Nou vooruit,' besliste Esther. 'Ik zal een tipje van de sluier oplichten. Het heeft onder andere met een rijmpje te maken.'

'Een rijmpje?'

'Ja, meer zeg ik niet.'

'Dat rijmpje lees je voor de wedstrijd?'

Esther hield zich stil.

'Ai, ik merk het al, je zegt er echt niets meer over.'

Esther knikte.

'Wat wonderlijk allemaal, Esther.'

'Ja, hè,' zei de sprintster.

'Goed, laatste vraag. Je hebt al heel wat medailles gewonnen. Stel, je wint goud op het NK. Is dat dan je aller-mooiste?'

'Zeker weten!'

Tussen vraag en antwoord had nauwelijks een honderd-ste seconde gezeten.

'Esther Goudriaan, dank je wel voor dit interview. Veel succes!'

'Dank u.'

Toen wendde de verslaggever zich naar de camera en zei met een lach: 'Tot slot wil ik Gabriël Rex veel sterkte wen-sen!'

Esther zat nog geen seconde op haar fiets op weg naar huis of daar ging haar mobiel al. Op het display ver-scheen de naam van Mounia. Al rijdend nam ze het ge-sprek aan.

'Es, je was stééngoed. Traag als karnemelk! Hoe kom je erop? Wa-ha-ha-hoe!'

'Tja, ik...'

'Maar hoe kwam je aan dat filmpje?'

Esther legde het uit.

'Ja, ja, Es, de kosmische krachten hebben het zo gewild. Dat zal hem leren, die vampier. Zet je het filmpje op inter-net? Wat! Heb je het gewist? O, nou ja, dat is ook wel te begrijpen. Wat? Natúúrlijk heeft hij gekeken. De hele school kijkt naar het *Jeugdjournaal*. Dat weet je toch? Hij staat vreselijk voor paal. Net goed!'

Esther vertelde Mounia over Roel. 'Hij begreep er natuurlijk geen fluit van, maar ik heb hem gezegd dat ik erg blij met zijn cadeautje ben, vooral door dat filmpje!'

'Over cadeautjes gesproken, Es. Dat pakje van Martin. Dat rijmpje waar je het over had. Is dat zíjn rijmpje?'

Esther zweeg.

'Juist, dat is dus wel degelijk zijn rijmpje.'

Esther hield haar kaken op elkaar.

'Shit, Es! Je bent toch niet wéér verliefd?'

Weer gaf Esther geen antwoord.

'Je bent dus verliefd.'

'Eh... ik denk het.'

'Jeetje, Es. Is dat niet een beetje snél?'

'Tja, Moun,' zei Esther met een voorzichtig lachje. 'Ik ben nou eenmaal een sprintster.'

'Die is goed! Wa-ha-ha-hoe! Wat? Ja, ik zie je morgen!'

Esther had haar fiets weggezet en rende de trappen van de flat op, soms met drie of vier treden tegelijk.

Tap, tap, tap...

Tap, tap, tap...

O, wat voelt dit lekker! Nu is écht alles goed!

Tap, tap, tap...

Tap, tap, tap...

Tap, tap, taaaaaaaap!

Esther vloog de galerij op. Halverwege de galerij stond haar moeder al op de uitkijk.

'Kind!' riep ze uit de verte. 'Je was geweldig! Ik ben trots op je.'

Moeder en dochter renden naar elkaar toe en omhelsden elkaar.

'Traag als karnemelk,' fluisterde Sybille Goudriaan in Esthers oor. 'Wat ben je toch een slimmerd!'

Esther keek haar moeder aan. 'Had ik het niet moeten doen, mam?'

'Natuurlijk wel! Het is zijn verdiende loon, potverdorie! Maar hoe kwam je aan dat filmpje?'

Esther legde het uit.

'Ongelofelijk!'

'Ja, zeg dat wel, mam.'

'Je was ook helemaal niet zenuwachtig.'

'Nee, en ik heb al twee dagen niet op mijn nagels gebeten.'

'Een record,' grinnikte haar moeder.

Samen liepen ze over de galerij naar nummer 305.

'Maar dat rijmpje. Wat...'

Esther schudde meteen haar hoofd.

'Mag je móéder het zelfs niet weten?'

Esther glimlachte geheimzinnig en liet niets los.

Vlak voor het slapengaan pakte Esther op haar kamer een papiertje uit haar sprintboek met krantenknipsels en foto's. Voor de honderdste keer las ze:

Voor Esther, sneller dan de wind

West, noord, oost of zuid
Esther stormt altijd vooruit
Een orkaan in haar kuiten
Een cycloon in haar billen
En alle fans maar gillen:
Harder, Es, harder, Es
Geef de anderen maar eens les!
Maar let op!
Ook bij verlies
Ben jij voor Sint de mooiste bries.

Sint

Nooit eerder had iemand zoiets liefs voor Esther geschreven. Door dit rijmpje bekeek ze de schrijver ervan, Martin Letter, op een heel andere manier: namelijk met haar hart. Deze tekst gaf Esther kracht. Ja, deze woorden hadden werkelijk iets magisch, want deze woorden waren wél voor haar alleen geschreven. En ze wilde de schrijver ervan zoenen. Esther had zoenplannen. De surprise, een windwijzer in de vorm van een heksje op een bezemsteel, had ze aan het balkonhek vastgemaakt. Esther legde het rijmpje weg en keek naar haar vitrine. Daar was plek voor een nieuwe medaille, haar állermooiste.

Pang!

Met zijn hoge tribunes vol mensen leek het stadion op een reusachtige haaienbek. Althans, zo voelde Esther het. En ieder moment kon die bek dichtklappen, zodat ze voor altijd verzwolgen zou zijn. Esther voelde de spanning tot in haar vingertoppen. 'Doe normaal,' sprak ze zichzelf toe. 'Wees stérk.'

Maar dat was makkelijk gezegd. Honderden, nee, duizenden mensen keken naar haar. Hun blikken voelde Esther als naalden in haar lijf prikken. Fotografen vuurden van dichtbij hun verblindend flitslicht af en uit de menigte klonk gejoel, gefluit en gelach. Waarom waren die mensen aan het lachen? Om haar? Hadden ze haar in het *Jeugdjournaal* gezien? Vonden ze haar een opschepper? Vonden ze haar raar? Wisten ze soms dat Gabriël een week van school was weggebleven? Wisten ze dat Carla had ontdekt dat haar ringetje van nepgoud was? Wisten ze...

De omroeper bij de microfoon riep de namen van de sprintsters om. Bij de naam Kim Zwart ging er een groot gejuich op, maar over Esthers rug liep een rilling. Het gezicht van Kim stond hard en onverschillig, net als de vori-

ge keer, toen ze op het podium een treetje hoger had gestaan dan Esther. Hoe ze toen ook haar bosje bloemen in
het publiek had geworpen, zó arrogant! De winnaars van
het zilver en brons had ze geen blik waardig gekeurd.

'Met nummer 36, Esther Goudriaan van Hermes!'

Uit het publiek klonk een applausje op. Esther zwaaide
in de richting waar zij haar moeder en zus vermoedde.
Toen zette ze snel haar iPod op. Anastacia zong met rauwe
stem dat je nooit moet opgeven.

Cause I'm too proud
I'm too strong
Live by the code that you gotta move on
So I held my head high...

Anastacia sloot Esther af van alle geluiden in het stadion,
maar liever wilde Esther snel het startschot horen, haar eigen juichkreet en dan natuurlijk het Wilhelmus. Daar had
ze zó hard voor getraind. Nu kreeg Esther weer moed.
'Het goud is voor mij!' pepte ze zichzelf op bij de startplaats. 'Voor míj!'

Kim Zwart luisterde niet naar muziek en moest haar gehoord hebben, want ze keek Esther plotseling recht aan.

Wees sterk, dacht Esther, wees geen huilebalk die niet
tegen de spanning kan. Ze zwaaide brutaal naar Kim, zodat deze prima zicht had op Esthers mooi gelakte nagels in
de kleuren rood, wit en blauw; een idee van Mounia.

'Nu je nagels heel zijn, gaan we ze ook echt pimpen,' had ze gezegd. 'Kom op, Sprintkanon. Laat mij nou maar m'n gang gaan.'

Kim Zwart keek snel van Esthers nagels weg. Ze begon loopsprongen te maken. Had Esther het goed gezien? Was er iets van onzekerheid in dat harde gezicht? Zat er een scheurtje in dat masker van arrogantie? Ja!

'Gereedmaken!'

Na dit commando trokken alle sprintsters hun trainingspakken uit. Esther borg haar muziek op. In haar hoofd hoorde ze nu maar één ding: het rijmpje van Martin, dat zij nu uit haar hoofd kende. Ja, Esther wist het zeker, hij was écht verliefd op haar. Martin was niet nep. Martin was écht. En Esther? Ja, Esther was ook verliefd op de schrijver van die mooie, lieve woorden. De liefde stroomde als kolkend goud door haar aderen en spieren. Roel Bentz nam Esthers trainingspak aan.

'Doe het, dame!' Meer zei hij niet.

Alle acht de deelnemers stelden zich op achter de startblokken. Esther liep in baan zes. Kim Zwart in baan vijf. Esther had nummer 36 op borst en rug. Kim Zwart nummer 18.

'Op uw plaatsen!'

Esther nestelde zich in de startblokken. Ze zette haar voorste voet tegen het voorste startblok met de neus van haar schoen nog juist tegen de baan. Haar andere voet zette ze tegen het achterste startblok. De knie van haar achterste been rustte op de grond. Esther plaatste haar handen op de startlijn en bracht haar schouders boven haar handen. Ze richtte haar duimen naar binnen.

Mijn wilskrachtige duim, dacht ze in een flits. Esther strekte haar vingers naar de buitenkant en tegelijk balde ze haar handen samen tot een halve vuist. Als eerste zat ze in de klaarhouding. Ze zag haar nagels en moest bijna lachen. Jeetje, wat was ze ontspannen!

'Klaar?'

Na dit commando hieven alle sprintsters hun heupen omhoog. Onbeweeglijk stonden ze daar, als wassen beelden.

Ik ben de mooiste bries, dacht Esther.

De starter hief zijn pistool…

Op de tribune was de spanning om te snijden. Esthers moeder schoof onrustig met haar voeten heen en weer, net als Oscar. 'Daar komt de starter,' lispelde hij. 'Eindelijk!'

Lizzy zat tussen Oscar en haar moeder in.

'Straks niet schrikken van de pang, liefje,' fluisterde Sybille Goudriaan. 'Ja, kijk maar naar je mooie armband.'

Veel hoger, onder het dak van de tribune, zat Mounia te zenuwpezen in haar kuipstoeltje. Ze blééf maar draaien aan haar wenkbrauwring.

'Hou eens op,' zei Martin, die naast haar zat. 'Ik word gek van je!'

'Ja, ja,' zei Mounia. 'Rustig een beetje. Meneer heeft

één keer met de grote sprintster gezoend en meteen heeft hij een grote mond!'

Martin verbleekte. 'Hoe weet jij dat?'

'Let nou maar op!'

De starter liep de baan op, pistool in de hand.

'Holy shit!' riep Mounia ineens. 'Zie je het ook, Martin?'

'Wat? Waar héb je het over?'

In één klap was Mounia volmaakt rustig. Ze liet zich achterover in haar stoeltje zakken en raakte haar wenkbrauwring niet meer aan. 'Ach, natuurlijk zie je het niet,' zei ze toen met een grote glimlach om haar lippen. 'Maar ik wél. Ik ben top!'

'Wat bedoel je?' vroeg Martin. 'Waarom zit je zo te grijnzen?'

De starter hief zijn pistool in de lucht.

'Ik bedoel dat blauwe waas om het hoofd van je liefje.'

Martin staarde naar Esther. 'Ik zie niks.'

'Nee, natuurlijk zie jij niks, maar voor mij is de race al gelopen.'

'Waar héb je het over?'

De starter kromde zijn vinger om de trekker.

'Ik heb het over de blauwe kalmte, Martin.'

'Huh?'

'Dat is maar voor héél weinigen weggelegd.'

'O?'

Pang!

Precies bij de 'p' van 'pang' schóót Esther als een kanons-
kogel uit de startblokken. En ze trapte de grond onder haar
voeten weg alsof ze de aarde sneller wilde laten draaien.
De wereldbol behield haar oude tempo, maar Esther was
sneller dan ooit. En na vijftig meter gebeurde er iets
vreemds.

Ik hoor hun adem niet meer, dacht Esther in een flits.
Waar zíjn ze?

Twintig meter verder hoorde Esther ook het geluid van
de spikes van haar tegenstandsters niet meer. Ze hoorde
alleen nog maar haar eigen spikes diep en krachtig in de
baan prikken. Het klonk als:

Slush…

Slush…

Slush…

Ik lig verdorie vér voor, dacht Esther. Wat een heerlijk
gevoel!

Esther liet zich het laatste stuk meedrijven op haar eigen kalmte en liep daardoor harder dan ooit. Haar bruine
haren waaiden op als vlammen in een heftig vuur. En lang
voordat zij met grote voorsprong de finish passeerde, verscheen er op haar gezicht een uitdrukking van ontspanning, alsof ze in een hangmat aan het strand van Bloemendaal lag.

Heb je van dit boek genoten?
Lees dan ook:

ISBN 978 90 475 0814 4